Elisabeth Zöller
Ich, Racheengel

Elisabeth Zöller

Ich, Racheengel

Hase und Igel®

Für Lehrkräfte gibt es zu diesem Buch
ausführliches Begleitmaterial beim Hase und Igel Verlag.

Dieses Buch erschien erstmals unter dem Titel „Ich schieße … doch!“.

www.hase-und-igel.de
Für diese Schulausgabe erfolgte in Zusammenarbeit mit der Autorin
eine vollständige Überarbeitung.
Die Schreibweise folgt den Regeln der neuen Rechtschreibung.
Lektorat: Kristina Oerke, Patrik Eis
Druck: CPI – Ebner & Spiegel, Ulm

ISBN 978-3-86760-080-4
2. Auflage 2008

Humorlos

Die Jungen
werfen
zum Spaß
mit Steinen
nach Fröschen

Die Frösche
sterben
im Ernst

Erich Fried

Prolog

Kevin liegt am Boden. Er zittert. In seinen Augen steht Angst. Angst vor mir, vor der Waffe in meiner Hand. Mein Finger am Abzug …

Jetzt Schmerzen im Kopf. Unglaubliche Schmerzen. Die leise Stimme meiner Mutter: „Er wacht auf." Sie weint und streichelt mir übers Haar.

Wo bin ich? Ich liege auf dem Rücken in einem Bett. Ich blicke auf Schläuche und kahle Wände. Gesichter verschwimmen vor meinen Augen: Mama, Papa, Tom. Das fremde Gesicht eines Arztes. Dann wieder Dunkelheit und Kälte.

Beim zweiten Aufwachen ist alles klarer: Ich liege auf der Intensivstation, angeschlossen an Geräte, die meine Körperfunktionen überwachen. Abwechselnd sind meine Eltern bei mir. Mama flüstert mir immer wieder meinen Namen ins Ohr. Papa streicht mir mit der Hand über die Stirn.

Die ersten Schritte im Zimmer mit Papa und der erste Ausflug zu den Enten im Park.

Erste kurze Sätze. „Was ist passiert?" Die Erinnerung sucht sich langsam ihren Weg.

Tom verbringt besonders viel Zeit bei mir. Er hat sich Urlaub genommen. Oft erzählt er mir Geschichten von früher, als ich noch ganz klein war und Louisa noch gar nicht auf der Welt. Ich höre zu. Allmählich, Schritt für

Schritt, fügen sich die Puzzleteile wieder zusammen. Doch als Tom vorsichtig versucht die Schulgeschichte anzusprechen, geht ein Riss mitten durchs Bild. Da purzeln die Teile durcheinander, wirbeln in den Abgrund und hinterlassen eine große Leere.

Tom sagt: „Niko, irgendwann müssen wir darüber reden, was am 24. Mai passiert ist. Aber nicht unbedingt jetzt gleich.“ Er lächelt mich an.

Ich weiß. Es tut nur so weh, daran zu denken. Verdammt weh!

1. Februar

Ich stehe auf dem Schulhof unter der großen, alten Linde und zeige Philipp aus der Parallelklasse das tolle Fotohandy.

„Kann ich es auch mal haben?“, fragt Philipp. „Ich telefoniere nicht richtig, weißt du ja.“

Genau in dem Moment kommen sie. Schnell lasse ich das Handy in meiner Jackentasche verschwinden. Aber zu spät. Sie stehen vor mir. Mit breitem Grinsen.

„Was haste denn da?“

„Zeig mal dein Handy, scheint ja ein geiles Teil zu sein.“

Zu zweit haben sie sich vor uns aufgebaut. Kevin und Raphael. Wir sind auch zu zweit. Aber sie sind stärker. Raphael hält mir den Mund zu, während Kevin das Handy einfach aus meiner Jackentasche zieht. „Klappe halten, kapiert?“, zischt er. „Petzen gibt's bei uns nicht.“

Philipp will dazwischengehen, bekommt einen Schlag in die Magengrube und krümmt sich nach vorne.

„Leihen wir uns mal, nur ein bisschen rumspielen!“, rufen sie. „Cool, die Pin ist schon drin.“

Ich sehe noch, wie sie Nummern eintippen, will hinterher. Doch Phillip hält mich am Ärmel fest. „Du riskierst doch nur blaue Flecke und noch mehr Ärger.“

Kevin und Raphael sind hinter der Mauer verschwunden. Da geht kein Lehrer hin. Hinter der Mauer ist so etwas wie Niemandsland. Da kann man machen, was man will. Das wissen alle.

Philipp stößt mich an. Sie kommen zurück – zu dritt. Matthias ist jetzt auch dabei. Sie tun, als würden sie mit dem Handy Fotos machen, schreien „Scheißfotos!“ und schmeißen es mir dann vor die Füße. Es knallt auf den Boden.

„Ist ein Scheißding“, sagt Raphael verächtlich.

Ich hebe das Handy auf. Ein Riss geht quer über das Display.

„Kannst es ja reklamieren, das Ding. Bei solchem Mist kann man das.“

Dann ziehen sie ab.

Mamas neues Handy. Sie hat es mir für einen Tag geliehen, damit ich auch mal was zum Vorzeigen habe.

Was soll ich ihr sagen? Mama, es tut mir so leid. Kevin und Raphael haben dein Handy in die Finger bekommen. Dagegen kann keiner was machen.

Das würde sie mir doch nie glauben. Und wenn doch? Dann würde sie in der Schule anrufen – oder bei Kevin und Raphael zu Hause.

Petzen ist das Allerschlimmste. Das habe ich kapiert. Also gehe ich Mama nach der Schule aus dem Weg, sage nur das Notwendigste. Sie merkt nichts, weil wir in letzter Zeit ohnehin kaum noch miteinander reden.

Am Tag kann ich verdrängen, was passiert ist. Aber nachts durchlebe ich die Szene noch einmal. Ich wache auf, weil Mama mich rüttelt. „Niko, wach auf. Was ist denn los? Du hast laut um Hilfe geschrien."

Habe ich im Traum etwas verraten?

Louisa, Tom und Mama stehen in meinem Zimmer und sehen mich fragend an.

„Hast du einen schlimmen Traum gehabt?", will meine kleine Schwester wissen.

Ich zucke mit den Schultern. „Muss wohl."

„Magst du erzählen?" Mama sieht besorgt aus.

„Ich kann mich an nichts erinnern. Halb so wild." Ich versuche ein Grinsen.

Da lassen sie mich wieder allein. Mama zögert kurz, sieht aus, als wollte sie mir einen Gutenachtkuss geben. Dann sagt sie aber nur: „Gute Nacht, mein Großer", und schließt die Tür.

Tom hakt am Morgen noch mal nach: „Was war denn das gestern Nacht?"

Einen Augenblick überlege ich. Soll ich es ihm sagen? Aber ich will Tom nichts erzählen. Niemand soll wissen, dass mich die anderen nicht mögen und solche Sachen mit mir machen. Und mein großer Bruder schon gar nicht. „Nichts, eigentlich nichts", murmele ich.

Tom schaut mich misstrauisch an. Er glaubt mir nicht. Aber er lässt mich in Ruhe.

Also behalte ich alles für mich, obwohl es bald auffliegen wird. Das Handy ist ja kaputt und die Telefonrechnung wird auch noch kommen. Wie hoch sie wohl ist? Ich habe Angst.

2. Februar

Als ich den Klassenraum betrete, verstummen die Gespräche. Schnell will ich mich auf meinen Platz in der letzten Reihe setzen. Aber da sitzt schon Kevin.

„Das ist mein Platz", sage ich leise.

„Suchst du Ärger?"

Ich hab wenigstens versucht mich zu wehren. Dann sitze ich eben in der ersten Reihe. Da ist noch ein Stuhl frei. Und da hab ich meine Ruhe.

Aber gleich nach dem Pausenklingeln bauen sie sich vor mir auf. „Brav gemacht, Ratte! So langsam scheinst du es ja zu kapieren. Ratten sind eben doch schlau." Dabei verziehen sie keine Miene.

Cool ziehen sie mich ins Hinterzimmer der Klasse, das ich inzwischen nur zu gut kenne. Eine muffige, dunkle Kammer voller alter Bücher, die keiner mehr liest. Da geht keiner rein – außer mir.

Ich muss mich mit dem Gesicht zur Wand stellen. Sie treten zu, einer nach dem anderen – immer wieder.

„Rate, wer dich getreten hat!"

„Warum macht ihr das? Ich hab euch doch nichts getan."

„Warum wir das machen?" Unverständnis in Kevins Stimme, dann lautes Gelächter. „Du stellst vielleicht Fragen. Weil's Spaß macht, natürlich. Verstehst du etwa keinen Spaß?"

Dann der nächste Tritt. „Und, wer war's?"

Ich sage nichts! Ich lass mir doch nicht alles gefallen.

Der nächste Tritt, dann noch einer.

„Sag schon! Du kommst hier nicht weg, bevor du richtig geraten hast." Sie lachen.

Dann der Pfiff. Vorne im Klassenzimmer passt immer jemand auf. Thomas, Inga, Felix, Sophie. Keiner traut sich zu widersprechen. Feiglinge!

Ich renne aus der Klasse, hinunter auf den Pausenhof – in meine Ecke am Zaun. Da kann niemand sehen, wenn ich heule.

Auf einmal legt sich von hinten eine Hand auf meine Schulter. Ich drehe mich um.

Die XXL. Ausgerechnet die!

„Tut mir leid", sagt sie leise.

Die hat Mut, mir einfach nachzugehen. Wenn die anderen das erfahren, bekommt sie Ärger. Das steht fest.

„Kann ich dir irgendwie helfen?" Sie schaut mir in die Augen.

Ich starre auf ihren Busen. Der ist auch XXL. So wie alles an ihr: Beim Doppelkinn fängt die Übergröße an – und nach unten wird's immer breiter. Wie bei einer Birne. Wie soll die mir helfen? Sie hat doch genug eigene Probleme. Lass mich in Ruhe, würde ich am liebsten sagen.

„Ist alles okay, danke, Hannah", murmele ich stattdessen.

Aber die Frau ist hartnäckig. „Willst du vielleicht jemanden anrufen? Ich leih dir mein Handy."

„Damit sie es auch noch zerdeppern?", frage ich bitter. „Lass mal gut sein."

Sie sieht mich noch einmal an – mit einer Mischung aus Mitleid und noch was anderem. Dabei fällt mir auf, dass sie ganz tolle Augen hat: groß, dunkelbraun, mit irrelangen Wimpern. Das habe ich noch nie bemerkt. Obwohl Hannah schon über ein Jahr in unserer Klasse ist.

„Cool bleiben", sagt sie, „trotz allem." Dann geht sie zurück in die Klasse.

5. Februar

Sie haben sich etwas Neues ausgedacht. „Aldityp!“, rufen sie mir entgegen und grölen, als wäre das der Witz des Jahrhunderts. Schnell gehe ich zu meinem Platz, vorbei an meinen Mitschülern. Die lachen mit. Manche leise und unsicher, andere laut und hämisch. Hannah nickt mir zu. Sie lacht nicht. Cool bleiben, denke ich, trotz allem.

In der Stunde geht eine Liste rum. Jeder soll eintragen, welche Markenklamotten er trägt. Ich besitze keine Markenklamotten. Mama erklärt uns immer wieder, dass wir uns das momentan nicht leisten können. Ich gebe die Liste weiter, ohne etwas aufzuschreiben.

„Aldityp, du hast vergessen, dich einzutragen!“, ruft Kevin in der Pause und wedelt mit der Liste vor meiner Nase herum. „Dann machen wir das doch schnell für dich. Lass mal sehen. Hose auf jeden Fall von Aldi.“ Raphael schreibt auf. „T-Shirt von C&A – Schuhe wahrscheinlich auch.“ Sie lachen sich schief. „Zeig uns mal deine Unterhose, komm!“

„Nein“, sage ich.

„Doch“, sagen sie.

Gerade wollen sie mich wieder ins Hinterzimmer schieben, da kommt der Pfiff. Sofort lassen sie mich los. Noch einmal Glück gehabt!

Auf dem Nachhauseweg überlege ich tatsächlich auch schon, von welcher Firma meine Unterhose ist. Auf jeden Fall nicht von CK. Die anderen haben fast alle Unterhosen von dieser Marke. Die ist in. Bin ich froh, dass endlich Wochenende ist und ich meine Ruhe habe. Vielleicht haben sie den ganzen Markenquatsch ja bis Montag vergessen.

Haben sie nicht. Im Park lauern sie mir auf, hinter ein paar großen, immergrünen Büschen. Sie schmeißen mich zu Boden.

„Wir waren noch nicht ganz fertig. Jetzt zeig uns mal deine Aldi-Unterhose!“, befiehlt Kevin.

Was für ein Glück, dass der Boden gefroren ist und nicht nass und matschig. Dann stellt wenigstens Mama hinterher keine dummen Fragen. Das denke ich, während Raphael und Matthias mich festhalten und Kevin meinen Gürtel aufmacht.

Da ruft von Weitem ein Mann in Joggingklamotten: „Was macht ihr da? Könnt ihr das mal lassen?“

Wie der Blitz sind sie verschwunden.

Der Mann kommt zu mir herübergerannt. „Kennst du die?“, fragt er.

„Nee, solche Typen kenn ich nicht.“ Ich boxe in die Luft.

Der Mann bleibt außer Atem stehen. „Wenn dir noch einmal so was passiert, musst du schreien, einfach schreien. Das hat überhaupt nichts mit Feigheit zu tun.“

Ich sehe ihn erstaunt an. Ist total nett, dass er sich solche Gedanken macht. Kann ihm ja eigentlich egal sein. Mir rutscht spontan raus: „Dann ist man 'ne Petze oder ein Feigling."

„Klar", sagt er und fängt dabei an auf der Stelle zu laufen, „das behaupten sie, um sich selbst zu schützen. Damit bringen sie die anderen dazu, zu schweigen und mitzulügen. Damit sie nicht auffliegen."

Ich nicke und versuche ein zuversichtliches Lächeln. Dabei denke ich daran, dass sie wahrscheinlich schon hinter der nächsten Ecke auf mich warten.

Der Mann verabschiedet sich. Während er schon weiterläuft, nennt er sogar noch seinen Namen. Aber vor lauter Angst hab ich schon gar nicht mehr richtig zugehört.

Ich suche mir einen Schleichweg und renne wie um mein Leben. Diesmal entwische ich ihnen.

6. Februar

Mamas Handy habe ich auf die Kommode im Flur neben das Telefon gelegt, weil ich nicht weiß, wie ich ihr sonst beibringen soll, dass es kaputt ist. Vor allem muss ich mir genau überlegen, was ich erzählen darf und was nicht. Wenn Mama zur Polizei geht oder zu einem Lehrer, dann wird es richtig gefährlich.

Ich muss mich selbst schützen. Deshalb darf ich Mama nur die halbe Wahrheit sagen. Das ist verdammt schwierig, vor allem bei jemandem, den man mag. Und so jemand ist Mama.

„Was hast du denn mit dem Handy gemacht?" Ihre Stimme klingt wütend und entsetzt.

Schnell gehe ich in den Flur. Dort steht meine Mutter im Halbdunkel, hält das Handy gegen das Licht des Fensters und betrachtet mit gerunzelter Stirn den Riss.

„Ach, Mama, es ist mir runtergefallen. Aus der Hosentasche. So." Ich mache es vor.

„Das glaubst du doch selbst nicht, der Riss geht ja quer durch."

„Ja, also nein, also ich bin auf der Straße gestürzt, also … es ist nicht nur einfach aus der Tasche gerutscht, sondern … irgendwie …", stammle ich weiter.

„Also ist es doppelt gefallen?", fragt sie bissig.

„Sozusagen gehüpft." Ich versuche, auch das vorzumachen. Grinsen kann ich dabei nicht.

„Du hast schon mal bessere Märchen erzählt. Vom Runterfallen sieht das niemals so aus." Mama schimpft nicht mit mir, sie schreit nicht. Sie klingt jetzt einfach nur traurig.

„Tut mir leid, Mama." Das stimmt wirklich und sie scheint es mir zu glauben.

Sie lächelt mich an. Während sie mich von oben bis unten betrachtet, sagt sie nur: „Hauptsache, dir ist nichts passiert."

Da klingelt das Telefon – mitten in unser Gespräch hinein. Gerettet!

Aber ich habe Mama angelogen. Ich fühle mich gemein, hinterhältig, verlogen. Alles zusammen. Wenn nur diese Angst nicht wäre. Sie ist wie ein riesiger Wurm, der sich nun schon durch unsere Gespräche frisst, ekelhaft und fett.

10. Februar

Ein paar Tage lassen sie mich in Ruhe, dann haben sie mich wieder auf dem Kieker. Die Deutschstunde hat noch nicht angefangen. Ich bin dabei, die Tafel abzuwischen. Auf einmal klopft jemand auf mein Portemonnaie hinten in der Hosentasche.

„Pfoten weg!" Ich bin sauer.

„Nur mal schauen, wie viel Geld du so mit dir rumschleppst." Kevins Stimme.

Als ich mich umdrehe, hat er es schon in der Hand. Er bleibt mitten im Klassenraum stehen. Alle anderen sehen zu, wie er den Inhalt auf den Boden schüttet.

„Ist ja fast nichts drin", beschwert sich Kevin und kickt einige Münzen durch das Klassenzimmer. Dann entdeckt er meinen Schülerausweis. Er hält ihn hoch, sodass alle ihn sehen können. „Schaut mal, wie putzig er in der Fünften aussah. Und Josef heißt er mit zweitem Namen. Hallo, Josef!"

Ich tue so, als würde ich das schallende Gelächter meiner Mitschüler nicht hören. Konzentriert sammle ich die verstreuten Münzen vom Boden auf. Da hat Kevin meine Sparcard in der Hand. „Du hast ja ein eigenes Konto, Josef. Wer hätte das gedacht?"

Plötzlich steht Hannah auf: „Ihr seid so ätzend! Merkt ihr eigentlich noch, was ihr da macht?"

Raphael geht einen Schritt auf sie zu: „Blas dich nicht so auf, XXL!"

„Die braucht sich doch gar nicht aufzublasen", prustet Thomas in der zweiten Reihe. „Die ist so schon so fett wie 'n aufgeblasener Luftballon."

Ich merke, wie die Wut in mir hochsteigt. „Haltet doch einfach alle die Fresse!", platzt es aus mir heraus. Richtig laut.

„Okay, wenn die Dicke das will, dann kriegst du deine Karte halt wieder." Lässig schmeißt Kevin meine Sparcard auf den Tisch, um im nächsten Moment wieder danach zu greifen. „Wie viel ist denn auf deinem Konto drauf?"

„Nichts!", schreie ich.

„Komm schon, ein kleiner Hunderter wird doch noch drauf sein."

Hannah steht immer noch. Sie will etwas sagen. Doch bevor sie dazu kommt, hat ihr Raphael sein Knie in die Magengrube gestoßen.

Ich springe vor. „Hör auf, lass sie sofort in Ruhe, du Arsch!"

„Sag das noch mal." Raphael reißt mich zu Boden und kniet sich auf meinen Bauch. Das tut weh. Wer das noch nie erlebt hat, weiß gar nicht, wie weh das tut. Ich bekomme kaum Luft.

„Sag das noch einmal!" Er schlägt mir ins Gesicht.

„Der zahlt dafür", sagt Kevin in fast freundlichem Ton. Er hebt meinen einzigen Schein vom Boden auf. „Fünf Euro jeden Tag, Josef! Für den Arsch. Und sag das nie wieder!"

Dann schauen sich die beiden in der Klasse um: „Klappe halten, sonst seid ihr auch dran! Klar?“

Alle nicken. Sie haben Angst. Hauptsache sie sind nicht dran. Hannah schüttelt fast unmerklich den Kopf. Sie sitzt zusammengekrümmt auf ihrem Stuhl.

„Und wenn du die fünf Euro nicht freiwillig in jeder ersten großen Pause bei Kevin ablieferst, kommt der Kopf ins Klo. Wir können noch ganz andere Saiten aufziehen“, droht Raphael. Kein Muskel bewegt sich in seinem Gesicht.

Die nächsten beiden Tage sind kein Problem. Ich habe noch etwas Geld in einer Schublade. Danach habe ich ständig Angst: Wo soll ich das Geld morgen hernehmen? Soll ich abwarten, bis sie mich mit dem Kopf ins Klo stecken? Das machen die sowieso irgendwann. Das weiß ich haargenau.

Ich leihe mir Geld: von Louisa, von Tom, dann von Mama. Ich räume mein Konto leer. Doch 20 Euro sind schnell weg. Hannah steckt mir zehn Euro zu. Das sind gerade mal zwei Tage Aufschub. Am liebsten würde ich heulen.

26. Februar

„Wohin hast du verdammt noch mal telefoniert?", schreit mich Mama an, als ich aus der Schule komme. Dabei hält sie mir die Handyrechnung unter die Nase, die gerade mit der Post gekommen ist. Fast 100 Euro. „Wohin?"

Ganz oben steht ein Gespräch mit fremder Vorwahl. Irgendwas im Ausland, vielleicht Asien oder so. Diese Schweine!

„Ich hab irgendeine erfundene Nummer eingegeben. Ich wollte mal sehen, wo ich da lande. Und dann war ich wohl in irgendeiner Warteschleife. Tut mir leid, Mama. Ich hab nicht nachgedacht."

„Lüg mich nicht an!", fährt mich Mama an. „Sag mir lieber, wie ich das bezahlen soll."

Auf einmal steht Tom neben Mama und legt seinen Arm um ihre Schulter. Da beruhigt sie sich etwas. Ich sage nichts mehr.

Tom schlägt vor: „Vielleicht können wir ja alle zusammenlegen. Ich hab noch etwas gespart."

Mama reagiert gar nicht. Sie dreht sich zu mir um: „Hast du wirklich einfach irgendeine Nummer eingegeben?"

Ich weiche ihren fragenden Augen aus und ziehe die Schultern hoch. Das kann Ja und Nein heißen.

Mama schüttelt den Kopf: „Und das Handy ist auch hin, das kann ich vergessen." Sie wendet sich an Tom:

„Kannst du deinen Bruder nicht ein bisschen im Auge behalten? Der baut nur Mist in letzter Zeit.“

Tom zögert: „Wie soll ich das denn machen?“

Mama weiß auch, dass es nicht geht. Tom ist ja gar nicht mehr an meiner Schule. Und mein Kindermädchen ist er auch nicht.

Obwohl – jemanden, der ab und zu auf mich aufpasst, könnte ich schon gebrauchen. Aber bestimmt nicht Tom, den Großen, den Tollen, der immer alles kann und richtig macht. Manchmal habe ich eine unheimliche Wut auf meinen Bruder. Deswegen fällt es mir auch so schwer, mit ihm zu reden. Wie schön wäre es, sich jetzt einfach an Mama zu schmiegen und ihr vorzuschlagen, in eine andere Stadt zu ziehen. Aber ich höre sie schon alle: Mama, die mir erklärt, ein Umzug wäre zu teuer und sie hätte ja hier ihre Arbeit. Louisa, die bei ihren Freundinnen bleiben will. Und Tom, der zu allem verständnisvoll nickt. Also schweige ich und verschränke die Arme vor der Brust.

Trotzdem muss ich weg. Wenigstens auf eine andere Schule. Ob die mich nehmen würden? In den meisten Fächern bin ich ziemlich abgesackt. Das macht es wahrscheinlich nicht leichter. Außerdem würde Mama dann wieder Fragen stellen … Und wenn ich zu Papa nach Berlin gehe? Da gibt es schließlich auch Schulen. Als ich mir das vorstelle, ist mir auf einmal ganz leicht zumute.

Ich wähle sofort seine Nummer. Aber Papa ist nicht da. Am Abend versuche ich es noch einmal. Diesmal geht eine fremde Frau ans Telefon. Ich lege auf. Hat mein Vater eine Freundin? Bevor ich ins Bett gehe, rufe ich wieder an. Papa ist immer noch nicht zu Hause.

„Der hat Nachtschicht", teilt mir die Frau mit. „Ruf am besten morgen Mittag noch mal an."

Was bedeutet das? Papa ist Ingenieur und sein Beruf ist ihm sehr wichtig. Arbeiten die in seinem Büro neuerdings in Schichten? Mir fällt auf, dass wir in den letzten Monaten nur wenig miteinander gesprochen haben. Dabei fehlt mein Vater mir sehr. Und er hat oft gesagt, dass wir ihm auch fehlen. Stimmt das noch? Er kann sich doch in dieser kurzen Zeit nicht völlig verändert haben. Am nächsten Tag rufe ich nicht noch mal an.

1. März

Seit einigen Tagen habe ich nicht mehr gezahlt. Ich weiß nicht, von wem ich mir noch was leihen soll. Bisher haben sie mich in Ruhe gelassen. Kevin hat mich ein paarmal von der Seite gemustert. Aber das war alles. Vielleicht haben sie ja von ihrem Spiel die Nase voll?

Sie packen mich, als ich am wenigsten damit rechne. Nach der siebten Stunde in der Pausenhalle, als alle anderen schon weg sind.

„Du hast Schulden bei uns, du Ratte. Glaubst du etwa, das haben wir vergessen?", zischt Kevin.

Raphael dreht mir die Arme nach hinten, während Matthias meine Schultasche durchwühlt. „Da ist nichts zu holen", meint er nach einem Blick in mein leeres Portemonnaie.

„Tja, da kann man wohl nichts machen", Kevin zuckt bedauernd mit den Schultern, um im nächsten Moment zuzupacken.

Ich versuche mich zu wehren, aber nach dem ersten gezielten Tritt gebe ich es auf. Zu dritt schleppen sie mich zum Klo. Unten in die alten, fiesen Toiletten im Keller. Hohe Spülkästen. Es riecht fast unerträglich nach Urin. Sie spülen und halten mich kopfüber hinein. Ich bekomme keine Luft. Ich heule, pruste, schlucke das stinkende Wasser. Todesangst! Zwischendurch lassen sie mich kurz atmen. Dann geht das Ganze von vorne los. Vier, fünf Mal. Ich zähle nicht mehr mit.

Irgendwann haben sie genug.

Ich bleibe auf dem dreckigen Steinboden sitzen. Erst zitternd, dann nur noch leer. Nicht mal heulen kann ich.

2. März

Als ich in die Pause gehe und die Hände gegen die Kälte in meine Jackentasche stecke, finde ich zwei Fünfeuroscheine. Außerdem einen Zettel, auf dem steht *von M.*

In der Englischstunde fällt mir auf, dass Matthias auffällig oft zu mir herübersieht. Ist das Geld von ihm?

Nach Schulschluss gehe ich noch einmal zum Klassenraum zurück, um die Sporttasche zu holen, die ich vergessen habe. Ich schrecke zurück, als ich die Stimme von Matthias höre: „Das geht echt zu weit. Ich mach da nicht mit, nur damit ihr's wisst. Ich habe das von Anfang an gesagt.“ Matthias klingt stark und selbstbewusst. „Ihr habt mich gezwungen mitzumachen. Ihr habt gesagt: Sonst bist du der Nächste. Das ist total cool, habt ihr gesagt. Aber das ist es nicht. Was wir mit Niko machen, ist einfach nur noch fies. Ich mach da nicht mehr mit.“

Einen Moment lang ist es ganz still. Dann ein dumpfer Schlag. Matthias stöhnt leise auf.

„Pass auf, du Weichei, wenn du nicht willst, wollen wir. Einfach so aussteigen ist nicht. Klar?“

Stille.

„Matsche“, meint Kevin. „Das heißt jeden Mittag Prügel.“

„Jeden Mittag", bestätigt Raphael.

Ich zittere. Soll ich Matthias helfen? Dann wären wir zwei gegen zwei. Aber Kevin ist groß wie ein Schrank und stärker als wir beide zusammen. Raphael ist ziemlich klein und schmächtig, dafür hat er keine Skrupel. Die schlagen einfach zu, mitleidlos und kalt. Ich bewundere Matthias für seine Stärke.

„Ich mache nicht mehr mit, klar?", höre ich ihn etwas leiser sagen.

Drinnen ist wieder ein Schlag zu hören, dann ein Aufschrei. Ich könnte jetzt einfach abhauen. Aber eigentlich muss ich Matthias helfen. Ich balle meine Hände zu Fäusten. Plötzlich empfinde ich eine Art Gemeinschaft mit ihm, obwohl er mich auch geschlagen hat.

„Mir tut Niko einfach leid." Matthias gibt nicht nach.

„Das bockt ja gerade, wenn du Mitleid hast." Kevin lacht hämisch. „Oder ist es Angst? Das bockt, Alter!"

„Ich will aber nicht mehr …"

Wieder mehrere dumpfe Schläge.

Ich reiße die Tür auf und springe vor. Ich trommele auf Kevins Rücken. Dann packt Raphael mich von hinten und schleudert mich gegen eine Wand.

Matthias kann mir nicht helfen. Er liegt am Boden. Kevin steht breitbeinig über ihm und sagt von oben herab: „Ey, Alter, was für ein Weichei bist du eigentlich?"

Auf dem Gang hallen Schritte. Sofort lassen sie uns los. Zu mir meinen sie nur: „Dir wird das noch leidtun! Und jetzt zisch ab! Los, mach schon!“

Ich fühle eine irre Wut. Auf die, auf die ganze Welt.

Ich werde mit Mama sprechen. Heute tu ich's, nehme ich mir auf dem Nachhauseweg vor. Heute erzähle ich ihr alles. Dass Matthias sich gewehrt hat, macht mir Mut. Ich bin nicht mehr allein. Vielleicht hilft er mir auch, wenn Kevin und Raphael alles abstreiten.

Meine Mutter ist noch angespannter als sonst. Ihr Chef hat ihnen erklärt, dass er im Moment zu wenige Aufträge hat. Für ein paar Wochen reicht es auf jeden Fall noch. Aber dann? Kein guter Tag für ein Gespräch.

Am nächsten Morgen versuche ich mit Matthias zu sprechen. Aber er weicht mir aus. Kann mir nicht mal in die Augen sehen. Als sein Sweatshirt ein Stück hochrutscht, sehe ich blaue Flecke und Abschürfungen an seinem Arm. Matthias wird gezwungen zu schlagen. Ich werde geschlagen. Was ist schlimmer?

3. März

Louisa läuft mir schon im Flur entgegen. Sie hat ihren hellblauen Pullover an. Zu ihrem blonden, leicht gelockten Haar sieht das richtig hübsch aus. Sofort fängt sie an zu erzählen: „Du, wir haben heute einen ganz langen Aufsatz geschrieben. Der ist toll geworden, richtig toll! Ich weiß es genau. Ob Mama mir dann das Barbiekleid kauft?"

War ich früher genauso?

In dem Augenblick klingelt das Telefon. Es ist Mama. Sie sagt, dass sie später nach Hause kommt, weil sie noch so viel zu tun hat. Dann fragt sie, ob ich Kartoffeln und Fisch machen kann.

„Klar", sage ich, „Fischpfanne Helgoland, kein Problem für mich."

Mama lacht: „Bald können wir eine Versuchsküche für Tiefgefrorenes aufmachen. Bis später!"

Louisa ist mir während des Telefonats in den Flur gefolgt. Jetzt zieht sie mich am Ärmel und bettelt: „Kannst du mir bei den Hausaufgaben helfen? Das mit den Schnittmengen versteh ich irgendwie nicht."

Ich nicke, bin aber mit den Gedanken woanders.

Louisa rüttelt an mir: „Du hörst doch schon wieder gar nicht zu." Sie holt ein Blatt Papier, setzt sich an den Küchentisch und drückt mir einen Stift in die Hand: „Wir sollen zwei Mengen aufmalen, die sich schneiden und fast decken. Was heißt denn das?"

Ich überlege. „Das ist wie bei den Menschen“, erkläre ich ihr, während ich zeichne. Manche Menschen sind sich sehr ähnlich, die haben eine große Schnittmenge.“

Louisa nickt: „So wie wir.“

„Hm“, mache ich nur und schaue auf meine Skizze, die etwas schief geworden ist. Meine Probleme in der Schule liegen in der Menge, die sich nicht schneidet. Und diese Menge ist verdammt groß.

„Aber eigentlich magst du doch den Tom lieber?“, höre ich mich plötzlich fragen.

„Wieso das denn?“ Sie guckt mich ganz erstaunt an: „Nein, eigentlich bist du viel mehr so wie ich, wir beide haben eine große Schnittmenge.“ Sie zeigt auf das Blatt. „Klar, den Tom hab ich auch lieb.“

Umständlich nehme ich den Fisch aus der Verpackung und träufele etwas Öl in eine große Pfanne. Dabei grinse ich vor mich hin.

„Hallo, Niko!“ Louisa zieht an meinem Ärmel. „Ich hab dich schon fünfmal was gefragt. Träumst du?“

„Nein, ich träume nicht, ich rede mit mir selbst“, rutscht es mir heraus.

„Machst du das auch? Ich hab gedacht, dass nur ich in meinem Kopf rede.“ Sie lacht.

Ich überlege. „Ich glaube, alle Menschen führen Kopfgespräche – einfach, weil sie Menschen sind. Man denkt ja schließlich im Kopf, und deshalb sind das Kopfgespräche.“

„Und was tun Menschen sonst noch, weil sie Menschen sind?", fragt sie, als sei es die einfachste Sache der Welt.

„Mensch, Louisa, du stellst vielleicht Fragen! Lachen, traurig sein, erzählen."

„Auch knutschen?" Sie kichert.

„Ja", sage ich und lege meinen Arm um sie, „auch knutschen." Dazu mache ich Schmatzgeräusche und sie kichert noch mehr.

Bei Louisa fühle ich mich wohl. Für einen Moment habe ich tatsächlich mal die Schule vergessen. Die Schule! Sofort geht ein Riss durch meinen Bauch. Dort regiert die Coolness. Und das Komische ist, dass keiner bestraft wird, weil er zu kalt ist, keiner! Kälte ist in.

Mit Matthias zu sprechen hat keinen Sinn. Er geht mir aus dem Weg. Warum fallen niemandem seine blauen Flecken auf – und meine?

9. März

Ich nehme das Geld aus den Schultaschen meiner Mitschüler, nur kleine Beträge, damit es nicht so auffällt. Dabei habe ich Angst, danach ein schlechtes Gewissen. Alles besser, als wieder ins Klo getaucht zu werden.

Es interessiert sie nicht, dass ich zahlen kann. In der zweiten großen Pause packen sie mich trotzdem.

Hannah schreit sie an: „Lasst das oder ich gehe nach unten zum Lehrerzimmer!“

„Tu's doch! Wir zittern schon vor Angst.“ Kevin kaut lässig auf seinem Kaugummi herum, geht ganz nah an Hannah heran und lässt eine große Blase mitten auf ihrem Gesicht zerplatzen. Der Kaugummi klebt an Wimpern und Nase. Kalt fügt Kevin hinzu: „Mit dir werden wir locker fertig, XXL! Du gehst doch eh nicht hin.“ Er grinst und schiebt Hannah aus der Tür raus: „Babys müssen in der Pause auf den Schulhof. Nur Erwachsene bleiben hier.“

Dann schubsen sie mich hinten in den Raum. Was haben sie vor?

„Zieh die Hose aus, Ratte.“ Matthias sieht mich nicht an, als er das zu mir sagt.

Die Unterhose darf ich anbehalten. Ich muss mich an die Wand stellen. Wie ein Gefangener: Kopf an die Wand, Hände über den Kopf.

Sie treten mich und piksen mit Stöcken und Gürtelschnallen. Danach stülpen sie mir einen Blecheimer über den Kopf und schlagen mit irgendwelchen harten Gegenständen darauf herum. Ein fürchterlicher Lärm, den ich nicht abstellen kann! Wenn ich mir wenigstens die Ohren zuhalten könnte! Auf einmal knicken mir einfach die Beine weg. Sie rütteln an mir herum, bis ich aufwache: „Hey, Schwächling, war doch nur ein Spaß!“ Mit dem Klingeln zerren sie mich wieder auf meinen Platz.

Im Unterricht stellt mir Frau Timmermann eine Frage. Ich verstehe sie nicht. Das Dröhnen in meinem Kopf übertönt alles.

Erst zwei Stunden später lässt es nach. Meine Ohren sind wieder normal, aber mein Kopf ist noch voll von dem, was sie gesagt und getan haben. Ey, turnt das an!, hallen Kevins Worte in mir nach.

Beim Mittagessen fragt mich Mama: „Wie war es in der Schule, Niko?“

„Ach, normal.“ Irgendwie stimmt das inzwischen sogar schon. Trotzdem werde ich das Gefühl nicht los, dass mich Mama beobachtet.

Zum Glück plappert Louisa in einer Tour. Sie erzählt, dass sie für ihren Aufsatz eine Eins bekommen hat und strahlt Mama dabei an. Unsere Mutter wirkt dagegen sehr ernst. Ihr schönes, junges Gesicht sieht fast eingefallen aus.

10. März

Der Mensch ist von Natur aus böse. Zu Beginn der Religionsstunde schreibt Frau Timmermann diesen Satz kommentarlos an die Tafel. Dann wendet sie sich an die Klasse: „Diese Meinung hat im 17. Jahrhundert der Philosoph Thomas Hobbes vertreten. Was denkt ihr darüber? Sind wir alle Verbrecher, ohne es zu merken?"

„Ich glaub das ja nicht. Jeder Verbrecher hat ein Motiv. Ist doch in jedem Krimi so. Wo's kein Motiv gibt, gibt es auch keine Tat", ruft Kevin laut in den Raum.

Ich zucke zusammen. Keine Tat ohne Motiv? Für das, was ich jeden Tag in der Schule erlebe, gibt es keinen Grund. Zumindest kann ich keinen erkennen.

So eine Art … Spaß am Bösen, die gibt es doch auch, will ich sagen.

Doch bevor ich mich melden kann, teilt Frau Timmermann schon einen Text aus, eine Geschichte über Sünde, Bereuen und Vergebung. Da kommen Kevin und Raphael nicht vor – und ich auch nicht.

11. März

Louisa ist schon im Bett und Tom bei seinem Erste-Hilfe-Kurs. Ich setze mich zu Mama, die auf dem Sofa liegt. Im Fernsehen läuft die Tagesschau. Ich will ihr so gerne alles erzählen. Im Kopf lege ich mir Sätze zurecht und verwerfe sie wieder. Schließlich starre ich schweigend auf die Nachrichten, die auf dem Bildschirm an mir vorbeiflimmern. Danach kommt eine Volksmusiksendung. Als Mama nicht umschaltet, merke ich erst, dass sie eingeschlafen ist.

Mensch, Mama. Ich decke sie traurig zu, mache den Fernseher aus und schließe leise die Wohnzimmertür hinter mir. Es ist besser, wenn ich Mama nicht noch mehr belaste.

In meinem Zimmer setze ich mich an den Computer und spiele Solitär. Dabei kann ich die Gedanken an den nächsten Tag etwas verdrängen.

12. März

Im Traum gewinne ich die Karate-Stadtmeisterschaft. Beim Aufwachen fühle ich mich auf einmal total stark. Karate kann man lernen. Und sportlich bin ich eigentlich auch. Ich kenne einen Karateclub, nicht weit von hier. Da renne ich schon vor der Schule hin. Das Büro hat erst ab 14 Uhr geöffnet. Dann komme ich eben nach dem Unterricht wieder.

In der Schule läuft es gleich viel besser als sonst. Das liegt auch daran, dass Raphael fehlt. Kevin allein kann nicht so viel ausrichten. Einmal will er mich von der Seite anmachen. Aber diese Kleinigkeit stecke ich locker weg. Ich schubse einfach zurück. „Ratte versucht's", sagt er überrascht und lässt mich in Ruhe. Bald kann ich ihn mit ein paar einfachen Griffen zu Boden werfen.

Nach Schulschluss renne ich sofort los. Außer Atem komme ich vor dem großen Gebäude an und drücke auf die Klingel unter dem Karateclub-Schild. Nach einer kurzen Pause summt der Türöffner. Ein älterer Herr öffnet eine weitere Tür im Erdgeschoss. Ich trete in einen freundlichen Raum mit Parkettfußboden und Bildern von Karatekämpfern an den Wänden. Der Mann geht zu einem kleinen Empfangstresen und lächelt mich an. „Wie kann ich dir weiterhelfen?"

„Ich möchte Karate lernen."

„Bist du Schüler?“, fragt er.

Ich nicke.

„Dann ist es etwas günstiger. Im Monat 15 Euro. Der neue Anfängerkurs startet im September. In die jetzige Gruppe kannst du nicht mehr einsteigen, der Kurs läuft schon seit einem halben Jahr. Also, wenn du das machen willst, melde dich am besten bald an. Es gibt Jahre, in denen wir völlig überlaufen sind.“ Er gibt mir zwei grüne Formulare.

Mechanisch greife ich danach, bedanke mich und gehe. Erst im September? Das ist zu spät, viel zu spät.

13. März

Samstagnachmittag. Als ich mit Louisa vom Einkaufen komme, empfängt mich Tom an der Tür: „Wer sind diese beiden Typen?"

„Was für Typen?", frage ich zurück, obwohl ich es schon ahne.

„Die heute hier geklingelt haben. Die hatten schon den Fuß in der Tür. Kennst du die?"

„Weiß nicht. Wie sahen die aus?", frage ich zurück.

Tom gibt mir eine ziemlich genaue Beschreibung von Kevin und Raphael.

Ich ziehe die Schultern hoch: „Weiß nicht, ist auch egal."

Und als Tom mich zweifelnd ansieht, zucke ich noch mal mit den Achseln und setze ein gelangweiltes Gesicht auf.

Ach, Tom, wenn du wüsstest, denke ich. Überall bin ich in Angststellung. Jetzt haben sie noch nicht mal mehr Hemmungen, zu mir nach Hause zu kommen.

„Na, ich habe denen jedenfalls gesagt, sie sollen sich verziehen, sie hätten hier nichts zu suchen." Tom sagt das, als sei es das Normalste von der Welt, sich gegen Kevin und Raphael zu stellen. Und ich komme mir schon wieder wie ein Schwächling vor.

15. März

In der Schule fragt Kevin als Allererstes: „Hast du einen älteren Bruder?“

„Ja, wieso?“, entgegne ich möglichst cool.

„Nur so.“

Nach einer Zeit hakt Kevin nach: „Ist der tagsüber weg?“

Da weiß ich, wie der Hase läuft. Sie werden wiederkommen, wenn ich allein bin. Mein Herz rast. Zum Glück fällt mir die richtige Antwort ein: „Der ist fast immer zu Hause.“

„Arbeitslos?“ Kevin grinst.

„Man kann es so nennen“, erwidere ich.

Am Nachmittag klingelt das Telefon: „Ja, Niko hier.“

„Da bist du ja, du Ratte. Wir machen dich fertig.“

Ich lege auf.

Zehn Minuten später wieder: „Für Dreck wie dich sind Abfalleimer da ...“

Ich lege auf.

Es klingelt. Louisa nimmt ab und sagt: „Hallo.“

Sie legen auf.

Es klingelt. Tom steht gerade im Flur. „Hallo?“

Sie legen auf.

Es klingelt wieder. Louisa meckert: „Das nervt.“

Es klingelt. Tom nimmt ab. „Ja, bitte. Wer spricht denn da?“

Keine Antwort.
„Lass das gefälligst!“, schreit er in den Hörer.
Auf dem Display ist keine Nummer zu sehen.
Tom sagt: „Wir nehmen nicht mehr ab.“

16. März

Ich gehe zur Polizei. Woher ich plötzlich den Mut nehme, weiß ich auch nicht. Mit mindestens zwanzig anderen Menschen stehe ich vor einem Tresen an, der durch den ganzen Raum geht. Er ist aus dunklem Holz und oben ziemlich abgegriffen.

Als ich dran bin, erzähle ich, dass mein bester Freund gemobbt wird und dass ich nicht weiß, wie ich ihm helfen soll. Meine ganze Aufgeregtheit ist auf einmal wie weggeblasen.

„Was kann man dagegen tun?", frage ich.

„In der Schule?", will der junge Polizist wissen, der mein Anliegen entgegennimmt.

„Auch, aber nicht nur."

Er führt mich in einen Nebenraum und stellt mir ein Glas Wasser hin. Das Zimmer wirkt hell und freundlich. Ich fühle mich fast wohl. Wenn da nicht die Angst wäre, etwas Falsches zu sagen.

Der Polizist fragt mich, wie ich heiße und wo ich zur Schule gehe.

Ich gehe nicht darauf ein, sage nur, dass ich eher eine allgemeine Beratung will. Dass es ja gar nicht um mich, sondern um meinen Freund geht.

Der Polizist ist sehr freundlich und erklärt mir, dass ich ruhig reden kann, auch wenn ich meinen Namen und den meines Freundes nicht angeben will. Ich erzähle, was mir bei einigen Sachen sehr schwerfällt.

„Hast du vielleicht noch etwas vergessen?“, fragt der Polizist, als ich fertig bin.

Ich habe doch schon alles erzählt. Reicht das etwa nicht? Ich werde unsicher. Für die sind das vielleicht Bagatellen. Wenn man täglich mit richtigen Verbrechern zu tun hat ...

„Nicht so wichtig“, sage ich tonlos. „Ist auch egal.“ Dabei schaue ich aus dem Fenster, auf einen kahlen Baum, dessen Äste im Wind zittern.

Auf die folgenden Fragen des Polizisten antworte ich nur noch das Nötigste. Er meint, was länger als drei Monate zurückliegt, kann nicht mehr zur Anzeige gebracht werden. Und natürlich könnten sie nur etwas unternehmen, wenn ich konkrete Angaben machen würde.

Die anzeigen? Genau das werde ich auf keinen Fall tun. Das würde doch alles nur noch schlimmer machen.

„Schon klar“, sage ich, springe vom Stuhl hoch und gehe zur Tür.

„Warte!“, ruft der Polizist, als ich schon fast draußen bin. „Du kannst jederzeit auf dem Revier anrufen oder herkommen, wenn du doch etwas sagen willst.“

Er drückt mir seine Karte in die Hand. „Hier ist immer jemand.“

„Okay“, sage ich und gehe.

Als ich nach Hause komme, klingelt wieder das Telefon. Ich lege den Hörer daneben. Egal.

17. März

Im Kreis stehen sie um mich herum. Ich werde wie ein Ball hin- und hergeschubst. Erst ist es wie ein Spiel. Aber es dauert nicht lange, da boxen, hauen, treten sie. Raphael trägt Stiefel mit Eisenkappen.

„Aufhören!“, schreie ich, als ich es vor Schmerzen nicht mehr aushalte. „Aufhören! Hilfe!“

„Wozu aufhören?“ – „Das macht total an.“ – „Geil, ey.“ – „Du Ratte!“

Sie machen sogar weiter, als ich schon am Boden liege. Mein Gesicht verschonen sie. Wahrscheinlich, damit die Lehrer nicht nachfragen.

Als der Unterricht beginnt, sitze ich wieder an meinem Platz. Geschichte bei Herrn Quante: der Erste Weltkrieg.

Quante verteilt Zettel. „So fühlt sich Krieg an“, erklärt er. „Es gab einen Schriftsteller, Erich Remarque, der hat ihn beschrieben.“ Dann fängt er an vorzulesen, aber ich kann nicht folgen. Am ganzen Körper spüre ich noch ihre Stiefel. Ich versuche, tief und ruhig zu atmen. Atmen. Atmen.

Irgendwann dringt Quantes Stimme wieder zu mir durch. Er hat aufgehört zu lesen. „‚Man müsste aus sich selbst herauskriechen können‘, schreibt der Soldat noch in seinem Brief“, erklärt Quante gerade. „‚Gar nicht mehr bei sich sein müssen. Die Gefühle

einfrieren. Die eigenen Gefühle nicht mehr fühlen.'"
Er sieht in die Klasse und fragt: „Ist das ein Ausweg? Die Bilder im Gehirn einfach zu schwärzen? Sich und sein Innenleben zu vernichten, alles zu vergessen, um die Grauen des Krieges loszuwerden?"

Sich selbst nicht mehr fühlen? Ja, das funktioniert. Das weiß ich. Eine Maske aufsetzen, die so dicht anliegt, dass darunter die Gefühle langsam ersticken. So wird man cool. Das ist die einzige Möglichkeit, wie man es ertragen kann.

Ich höre Quante sagen: „Wir können froh sein, dass heute kein Krieg ist. Zumindest nicht hier, bei uns."

Aber wir haben doch Krieg, jeden Tag! Die meiste Zeit sieht man ihn nur nicht. Auf einmal bin ich unendlich müde. Ich lege den Kopf auf den Tisch.

Quante kommt: „Ist was, Niko? Geht's dir nicht gut?"

„Alles in Ordnung." Ich versuche Quante anzugrinsen. „Hab mich nur gelangweilt."

Kopfschüttelnd wendet er sich ab.

18. März

Der Krieg geht weiter. Sie haben Hannah und mich ins Hinterzimmer gezerrt. Mit ihren Fotohandys umzingeln sie uns, ziehen den Kreis immer enger, bis wir dicht voreinander stehen.

„Los, küssen!"

Ich will nicht. Sie treten mich und sagen: „Küssen, du Arsch!"

Hannah zwinkert mir zu, das soll heißen: Tu es! Wir stehen doch drüber.

Langsam nähere ich mich ihrem Mund, gebe ihr schnell einen Kuss darauf.

Fotosalven von allen Seiten. Ich fühle nichts.

„Das war doch kein richtiger Kuss. Noch mal!", kommandiert Kevin.

„Nein."

„Noch mal, hab ich gesagt." Sie knallen unsere Köpfe gegeneinander.

Da kommt von vorne der erlösende Pfiff.

In der nächsten Pause spricht mich Hannah an: „So kann das nicht mehr weitergehen. Wir müssen etwas unternehmen. Ich weiß nur noch nicht, was."

Ich weiß es auch nicht. Hauptsache, sie kommt nicht auf die Idee, zu petzen.

Im Krankenhaus

Wieder ein Besuch von Tom. Wir drehen unsere Runde im Park, trinken Tee in der Cafeteria. Mein Bruder ist ungewöhnlich schweigsam. Sonst ist er es eigentlich, der die meiste Zeit redet. Manchmal hält er inne, als wollte er mich etwas fragen. Doch wenn ich ihn dann ansehe, guckt er schnell wieder weg. Erst als wir schon wieder im Zimmer sind, platzt es aus ihm heraus: „Weißt du, was für uns das Schlimmste ist?"

Dass ihr so einen Versager in der Familie habt?, schießt es mir durch den Kopf. Möglichst unbeteiligt zucke ich mit den Schultern.

„Dass wir nichts mitbekommen haben. Wir haben immer gedacht, dass du gerne zur Schule gehst – und dabei … war es wahrscheinlich schon lange die Hölle für dich. Wir waren nicht für dich da. Oder erst, als es schon fast zu spät war …"

Ich liege wieder im Bett, zusammengekrümmt, mit dem Blick zur Wand. Tom ist irgendwann gegangen. Ich habe es nicht mitbekommen.

Wann hat das alles angefangen?

Nach der Grundschule bin ich an eine neue Schule gekommen. In eine neue Klasse, ganz allein. Ein bisschen Angst hatte ich schon, weil ich niemanden kannte. Aber sonst habe ich mir da keine großen Gedanken gemacht. Bis das mit Kevin und Raphael anfing.

An dem Tag hatten wir einen Aufsatz zurückbekommen. Ich hatte eine Eins und wollte schnell nach Hause, um es Mama zu erzählen. Aber die beiden fingen mich ab und fesselten mich mit Handschellen aus einem Detektivkoffer an einen Baum. Danach beschossen sie mich mit Plastikgewehren und lachten sich tot, als ich weinte. Als ich damit drohte, es meiner Mutter zu sagen, lachten sie nur noch mehr: „Muttersöhnchen! Hol doch deine Mama!" Als sie mich wieder losbanden, hatten sie vielleicht doch ein bisschen Muffensausen. Auf jeden Fall meinte Kevin: „War doch nur ein Spiel, Niko. Du bist doch kein Spielverderber, oder?"

Dann kam die Eins in Mathe. Sie nannten mich Strebersau und schubsten mich auf der Treppe. Es war wie eine Verschwörung: Professor, Streber, Schleimer! Ich konnte doch wirklich nichts dafür, dass ich gut in der Schule war und die nicht.

Das war die Zeit, als Papa nach Berlin zog. Vorher war er ein Jahr arbeitslos gewesen. Meine Eltern waren schon geschieden. Aber Mama hing trotzdem noch an Papa, das hat man gemerkt. Sie wurde immer dünner. Und morgens hatte sie häufig ganz rote Augen. Damals fing es an, dass ich immer ganz genau nachdenke, bevor ich meiner Mutter etwas erzähle.

Irgendwie habe ich es nicht geschafft, an der neuen Schule Freunde zu finden. Ich weiß nicht, woran das lag. Ich bettelte Mama an, mir wenigstens mal eine neue Hose zu kaufen. Damit ich nicht so anders war, damit die anderen mich akzeptierten. Aber wir hatten kein Geld.

Zum Geburtstag bekam ich eine Hose geschenkt, cool, mit Streifen.

Sie rümpften die Nase und sagten: „Hast du die aus dem Ausverkauf? Die ist vom vorigen Jahr."

Da stopfte ich die Hose in den Müll.

Sie beschlossen von meinen guten Noten zu profitieren: „Strebersäue sind dafür da, unsere Hausaufgaben zu machen." Sie bestellten mich morgens früher zur Schule. Eine halbe Stunde, damit sie noch die Hausaufgaben von mir abschreiben konnten. Bald beherrschte ich drei verschiedene Schriften: meine eigene, die von Kevin und die von Raphael. Da konnte ich ihnen die Hausaufgaben schon fertig mitbringen.

Doch das reichte ihnen nicht. Immer öfter reagierten sie sich an mir ab. Einfach so. Und die anderen guckten zu. Dann kam Matthias dazu. Auf einmal hatte ich drei gegen mich. Ich zitterte jeden Morgen.

Beim Duschen schloss ich die Badezimmertür ab, damit Mama meine blauen Flecke nicht sah. Selbst im Sommer trug ich langärmlige Shirts. Einmal hat sie doch was gemerkt. „Was hast du denn da gemacht?"

„Bin beim Fußballspielen hingefallen", antwortete ich.

Mama hat es anscheinend geglaubt.

21. März

Vielleicht liegt es ja an mir? Ich stehe vor dem Spiegel im Badezimmer und prüfe mein Gesicht: blasse, weiche Züge, ein paar Stoppeln im Gesicht. Auch die grauen Augen, die mir ängstlich entgegenblicken, sind farblos. Dazu ein unruhig zuckender Mund. Ein Verlierer!

Vielleicht entscheidet jemand für dich, bevor du geboren wirst: Du gehörst zu den Schwachen, du zu den Starken. Du bist ein Opfer und du nicht. Und man kann tun, was man will, es ändert sich doch nichts.

22. März

Hannah ruft mich nachmittags zu Hause an. Sie ist ganz aufgeregt. „Ich hab eine Superidee. Wenn wir einfach zusammen die Klasse wechseln?"

„Und welchen Grund geben wir an?"

„Dass wir da rauswollen, ganz einfach." Sie sagt das ganz locker.

„So akzeptieren die das nie."

„Herr Quante doch und Frau Timmermann", meint Hannah.

Nein, sie würden tausend Fragen stellen. Ich finde Hannahs Idee nicht so gut. Genau genommen ist es sogar eine ziemliche Schnapsidee.

Wir telefonieren sehr lange. Ich widerspreche ihr immer wieder. Aber, aber, aber. Doch Hannah lässt sich nicht abbringen.

Und irgendwann weiß ich mir nicht mehr anders zu helfen. Ich schreie in den Hörer: „Hannah, das tust du nicht! Ich verbiete es dir!"

Da legt sie einfach auf.

23. März

In der Nacht kann ich kaum schlafen. Ganz früh stehe ich auf, um im Park joggen zu gehen. Wie eine Katze schleiche ich die Treppe hinunter. Draußen ist es noch ganz still. Milde Frühlingsluft schlägt mir entgegen. Ich habe die neuen Turnschuhe an, die Tom mir geschenkt hat. Die Sohlen federn, mein Gang ist leicht und lässig.

Als ich den Park erreiche, wird es hell. Die Frühlingssonne scheint warm durch die ersten kleinen Blätter der Bäume.

Früher bin ich immer abends gelaufen. Das geht jetzt nicht mehr. Da könnten sie mir auflauern. Morgens schlafen sie noch.

Plötzlich merke ich, dass ich Tränen in den Augen habe. Verflixt! Ich laufe los. Wie durch einen Schleier zieht der stille, leere Park an mir vorbei. Ich schlucke meine Tränen hinunter und denke an Hannah. Wird sie wirklich versuchen, sich in eine andere Klasse versetzen zu lassen? Soll ich nicht doch mit ihr zusammen zu Frau Timmermann gehen? Ich bleibe stehen, ringe nach Luft. Das wäre eine Katastrophe!

Wie ein Wahnsinniger renne ich nach Hause und dusche schnell. Es ist zehn vor acht, als ich vor dem Lehrerzimmer ankomme. Hannah sitzt bereits auf der Bank vor der offenen Tür. Einige Lehrer sind auch schon da. Die anderen gehen nach und nach an uns vorbei. Eigentlich wollte ich mit Hannah sprechen. Das kann ich jetzt vergessen. Ich lehne mich schräg gegenüber an die Wand, Arme verschränkt, und fixiere Hannah. Ich habe ihr doch gestern verboten, mit Quante oder der Timmermann zu sprechen!

Hannah sieht kurz zu mir herüber. Ich starre böse zurück. Sie fängt an, nervös ihre Finger zu kneten. Fünf Minuten, zehn Minuten. Da ist plötzlich Frau Timmermanns Lachen im Gang zu hören. Mit einem Kollegen kommt sie auf das Lehrerzimmer zu.

Hannah blickt auf, sieht von Frau Timmermann zu mir herüber. Ich merke, wie ich die Hände zu Fäusten balle. Hannah steht zögernd auf und geht weg.

Ich atme tief durch. Ich fühle mich erleichtert und ekelhaft zugleich.

24. März

Als ich aus der Schule komme, weiß ich sofort, dass irgendetwas nicht stimmt. In der Wohnung ist es totenstill. Obwohl es draußen trüb ist, brennt im Flur kein Licht. Louisa muss schon zu Hause sein. Ich bin ziemlich spät dran.

„Louisa!“, rufe ich. Keine Antwort.

Louisa macht immer alle Lampen an. Wo ist sie? Meine Kopfhaut fängt an zu prickeln. Kevin, Raphael und Matthias, schießt es mir durch den Kopf. Wenn die hier geklingelt haben? Wenn Louisa denen die Tür geöffnet hat?

Mit klopfendem Herzen gehe ich in Louisas Zimmer. Dunkel und leer. Ich reiße die Tür zu meinem Zimmer auf. Auch hier ist es dunkel. Auf meinem Bett liegt eine zusammengerollte Kugel. Bei näherem Hinsehen erkenne ich, dass die Kugel einen blauen Pullover mit weißen Punkten trägt und eine blaue Schleife im Haar hat. Louisa. Ich höre sie noch nicht mal atmen. Was haben sie mit ihr gemacht? Ich setze mich auf die Bettkante, berühre meine kleine Schwester vorsichtig an der Schulter. Als ich mit den Fingerspitzen über ihren Rücken fahre, schießt sie hoch.

„Was ist los?“, frage ich.

„Psst“, wispert Louisa. Sie spricht so leise, dass ich sie nicht verstehen kann. Sind sie noch in der Wohnung? Automatisch ducke ich mich.

„Ist dir etwas passiert?“, flüstere ich aufgeregt.

„Nein, aber Mama!“ Sie schluchzt auf, ich nehme sie in den Arm, sie weint vor sich hin und stottert eine Erklärung. Aber ich verstehe nichts.

„Was ist mit Mama?“

„Sie ... sie ist entlassen worden.“

Ich sehe Louisa erschrocken an, begreife gar nichts.

„Sie ist arbeitslos“, wiederholt Louisa. „Als ich aus der Schule gekommen bin, hat sie in der Küche gesessen und geweint. Auf dem Fußboden lag ein zerbrochenes Glas. Als ich sie gefragt habe, was los ist, hat sie nur gesagt: ‚Die haben mich entlassen.‘ Dann hat sie sich in ihrem Zimmer eingeschlossen. Und sie hat überhaupt nicht mehr reagiert, als ich sie gerufen habe.“ Louisa schluchzt wieder auf.

„Mach dir keine Sorgen. Ich seh mal nach ihr.“

Eine Weile streichle ich noch Louisas Rücken, dann stehe ich leise auf und klopfe an Mamas Zimmertür. Keine Reaktion. Ich klopfe noch einmal und drücke die Klinke hinunter. Es ist zugesperrt.

„Mama“, rufe ich vor der Tür, „Mama, was machst du?“ Sie hat sich doch wohl nichts angetan? Ich bekomme Angst.

Ich klopfe jetzt lauter und rufe: „Mensch, Mama, lass mich doch rein!“

Da öffnet sie langsam. Sie geht sofort wieder zurück zu ihrem Bett, setzt sich auf die Kante und weint, die Hände vorm Gesicht. Ich setze mich neben sie, halte sie fest, streichle ihr langsam über den Rücken, wie vorher bei Louisa. Ich spüre, wie sie bei jedem Schluchzen zittert. Als ich sie in den Arm nehme, weint sie richtig los. An der Stelle, wo sie ihren Kopf hingelegt hat, wird mein T-Shirt nass.

„Ich bin arbeitslos“, sagt sie leise.

„Louisa hat es mir erzählt“, sage ich. „Mama, wir schaffen das. Wir schaffen das bestimmt.“

Woher soll ich die Kraft nehmen, für Mama da zu sein?

25. März

Schon beim Aufwachen fühle ich mich total mies. Sofort muss ich an Mama denken. Und an Hannah, der ich Angst gemacht habe. Ich liege in meinem Bett, starre an die Decke und kann erst überhaupt nicht aufstehen.

Irgendwann geht es doch. Ich schlurfe in die Küche und frage Mama, ob ich heute zu Hause bleiben darf, weil ich so schlimmes Kopfweh habe. Sie nickt nur abwesend und streicht mir über den Kopf.

Am Abend klingelt das Telefon. Ich ahne, dass es für mich ist.

„Na, Sklave. Denkst wohl, du kannst dich vor uns drücken, indem du krankmachst?" Das ist Kevins Stimme.

Raphael grölt dazwischen: „Aber morgen stehst du wieder auf der Matte, verstanden?"

„Sklaven müssen sich fügen. Wenn nicht, kannst du dich auf was gefasst machen." Sie knallen den Hörer auf.

Ich will schnell in mein Zimmer.

„Wer war das?", fragt Mama.

„Ach, welche aus meiner Klasse."

„Waren die blau?" Mama hat das Gegröle offensichtlich auch gehört. „Tom hat erzählt, dass es hier vor Kurzem schon mal so komische Anrufe gab."

„Mhmm." Ich nicke.

Gott sei Dank klingelt da wieder das Telefon. Ich verziehe mich. Wenn Mama abhebt, legen sie bestimmt auf.

Aber es ist bloß eine Freundin von Mama, die wissen will, wie es ihr geht. Die beiden verabreden sich für den Abend auf ein Glas Wein.

Dann wieder das Telefon.

„Miese Ratte!"

Ich lege auf.

Das Telefon. Immer wieder. Es klingelt schon in meinen Träumen. Egal.

Im Krankenhaus

Hannah besucht mich – zum ersten Mal, seit ich aufgewacht bin. Sie ist etwas dünner, als ich sie in Erinnerung habe, und wirkt sehr nervös. Unsicher guckt sie mich von der Seite an. Schließlich gibt sie sich einen Ruck und fragt: „Wie geht es dir? Bist du … bist du wieder … wie früher?“

„Wie meinst du das?“

„Von einem Tag auf den anderen warst du so anders. Ich habe richtig Angst vor dir gehabt.“ Sie zögert. „Und dann hast du dauernd so komisches Zeug geredet. Wie geil es wäre, denen die Kehle aufzuschlitzen. Sie alle abzuknallen.“ Hannahs Stimme zittert.

Bevor ich sie noch mehr fragen kann, kommt eine Krankenschwester und schickt sie nach Hause. Ich muss mich allein erinnern. Daran führt kein Weg vorbei.

12. April

In den Osterferien terrorisieren sie mich zu Hause. Nächtliche Anrufe, stumm oder laut pöbelnd. Mama sagt, sie geht zur Polizei. Sie tut es nicht. Tom will eine Fangschaltung. Die ist zu teuer. So bleibt alles beim Alten.

Nach den Ferien steht für mich fest, dass ich nicht mehr zur Schule gehe. Ich mache einfach nicht mehr mit bei diesem Spiel, das jeden Morgen von vorne losgeht.

Ich weiß nur noch nicht, wie ich das anstellen soll. Mama ist fast immer zu Hause, seit sie keine Arbeit mehr hat. Nur ab und zu muss sie zum Arbeitsamt.

Also verlasse ich das Haus wie jeden Morgen. Anstatt zur Schule zu gehen, laufe ich erst durch den Park, dann Richtung Stadt. Irgendwann lande ich im Einkaufszentrum. Ich schlendere an den beleuchteten Schaufenstern vorbei, da fällt mein Blick auf das kleine, unauffällige Schild eines Internetcafés.

Ich schaue von außen hinein. Vor den Computern sitzen einige Jungen in meinem Alter. Soll ich hineingehen? Ich zögere einen Moment. Da habe ich die Klinke schon in der Hand. Ein paar von den Jungen blicken hoch, als ich eintrete. Die anderen starren weiter auf ihre Bildschirme. Erst stehe ich ein bisschen hilflos herum. Vorne sitzt einer, der wohl das

Sagen hat. Er weist mir einen Platz zu. Ich fühle, ob mein Portemonnaie noch da ist, dann fahre ich den PC hoch.

„Hey, haste dieses geile Spiel schon gesehen?“ Einer hinter mir zeigt auf seinen Bildschirm.

„Meinst du das?“, fragt ein anderer Junge.

„Genau.“

„Ich hab aber noch ein besseres gefunden. Guckt mal!“

Sprechen die mit mir? Die kenne ich doch gar nicht.

„Wie bist du dahin gekommen?“ Ich habe tatsächlich den Mut, den Jungen hinter mir anzusprechen. Mensch, der zeigt mir alles. Tippt herum, lädt noch etwas anderes herunter, erklärt. Ich mache mir ein paar Notizen. Keiner lacht mich hier aus.

Da sehe ich mit einem Blick auf die Uhr, dass ich viel zu spät dran bin. Mist, ich sollte ja eigentlich auf Louisa aufpassen. So schnell es geht, packe ich meine Sachen zusammen.

„Kommst du mal wieder?“, fragt der eine Typ. Fragt der mich.

„Klar“, sage ich. Ich muss zahlen. Ziemlich viel. Alles, was gut ist, hat seinen Preis.

Ich renne nach Hause. Aber Mama ist schon längst daheim.

„Tut mir leid. Hat heute in der Schule länger gedauert“, sage ich.

„Schon okay“, sagt Mama.

In meinem Zimmer ziehe ich den Zettel mit den Spielen heraus. Ich freue mich darauf, sie am Abend auszuprobieren.

Gleich das erste Spiel ist ein Volltreffer: Man kann kleine Männchen abknallen, und zwar mit „Pinplops". Die sehen aus wie kleine Sterne. Aber eigentlich sind es Laserpistolen. Wenn man trifft, zerspringen die Männchen in tausend Stücke. Und wenn man anschließend auf eine Taste drückt, kommen alle wieder. Pling, plong, sind sie wieder da. Das ist richtig lustig.

Auf einmal steht Mama in meinem Zimmer. In einem uralten Pyjama mit ausgebeulten Knien. Total verschlafen sieht sie mich aus kleinen, roten Augen an. „Willst du denn gar nicht schlafen, Niko? Sitzt du die ganze Nacht am Computer?"

„Macht total Spaß, Mama. Schau mal, hier!" Ich zeige ihr alles.

Mama findet das grausam.

Ich finde das cool. „Ach, Mama, sei doch nicht so."

Sie streicht mir über den Kopf und sagt, dass sie sich wieder hinlegt.

„Gute Nacht", rufe ich ihr leise hinterher.

Ich spiele die ganze Nacht weiter. Ich schlafe sowieso kaum noch. Die Albträume werden immer schlimmer. Irgendwann fange ich an, den Männchen Namen zu geben: Kevin, Raphael, Matthias …

Als es draußen schon wieder hell wird, lege ich mich hin. Mama ruft in der Schule an und entschuldigt mich – ausnahmsweise, wie sie betont. Am Morgen haben wir Ruhe vor dem Telefonterror. Ich schlafe bis zum Mittag.

13. – 15. April

Am Nachmittag finde ich ein noch besseres Spiel. Man zersägt seine Opfer mit der Kettensäge. Zuerst säge ich den Kopf ab, damit sie nichts mehr fühlen. Danach kommen die Arme und Beine dran, ein Körperteil nach dem anderen, und sogar die Füße einzeln – krrr. Das Blut spritzt auf den Bürgersteig. Das macht total an, wenn man zum Beispiel Kevin vor sich hat und ihm genüsslich die Füße absägt. Bald komme ich darauf, dass es noch geiler ist, wenn die nicht sofort tot umfallen. Da fange ich an, zuerst die Arme und Beine und zum Schluss erst den Kopf abzusägen. Das gibt Bonuspunkte. Ist ja Kevin, den will ich langsam allemachen. Endlich bin ich stärker als er!

Um halb acht weckt mich meine Mutter: „Musst du nicht zur Schule?“

Scheiße, ich hab verpennt. Erst weiß ich gar nicht, wo ich bin. „Ach ja, klar“, sage ich dann. Ich springe aus dem Bett. Ich habe wieder bis fünf Uhr gespielt. Unschlüssig verlasse ich das Haus, ein Stück Brot im Mund, müde, meine Schultasche unter dem Arm. Das Einkaufszentrum macht erst um halb zehn auf. Jetzt ist es fünf vor acht. Eineinhalb Stunden. Wohin soll ich gehen?

Der Park fällt mir ein. Ich gehe ein bisschen spazieren. Die Luft ist ganz klar und es ist unglaublich still. Ich atme tief durch. Die letzten Tage kommen mir hier unwirklich vor. Trotzdem zieht es mich wieder ins Internetcafé.

Dort sitzen dieselben Leute. Der Typ vom letzten Mal erkennt mich und sagt: „Ich bin übrigens Chris."

Zum Warmwerden spiele ich das Kettensägenspiel. Dann habe ich Lust auf was Neues. Ich frage Chris, ob er nicht irgendwas Cooles mit Pistolen und Maschinengewehren kennt. Er zeigt mir verschiedene Spiele. Einige probiere ich aus, die anderen schreibe ich mir auf. Ich merke gar nicht, wie die Zeit vergeht. Um eins renne ich nach Hause, sodass Mama gar nicht auffällt, dass ich nicht in der Schule war.

In meinem Zimmer hole ich den Zettel mit den empfohlenen Spielen aus der Schultasche. Den Gedanken an die Rechnung fürs Runterladen verdränge ich. Mama wird der Schlag treffen. Egal.

Drei Spiele finde ich sofort, eins cooler als das andere. Mit dem Maschinengewehr lege ich die Leute um, meine Feinde in der Klasse. Ich schaue Kevin in die Augen, den Lauf des Gewehrs auf ihn gerichtet. Ganz ruhig knalle ich ihn ab. Peng.

Dann entdecke ich, dass es auch die Möglichkeit gibt, echte Fotos einzublenden. Cool! Ich durchwühle meine Schreibtischschublade nach dem letzten Klassenfoto und schneide die Köpfe meiner Mitschüler aus. Hannahs Gesicht bleibt als einziges. Ich besiege alle: Matthias liegt flach, Kevin und Raphael erst recht. Niko, der Sieger! Einen nach dem anderen mache ich platt, genau nach Plan. Danach stehen sie alle wieder auf. Und das Spiel beginnt von vorne.

Tag oder Nacht, ich unterscheide nicht mehr. Mama kommt in mein Zimmer: „Willst du nicht ins Bett?" Sie hat tiefe Ringe unter den Augen.

Ich konzentriere mich wieder auf den Bildschirm und antworte kurz: „Nein."

Mama sagt in bittendem Ton: „Geh ins Bett, Niko. Du musst morgen früh aufstehen."

„Mama, du störst. Das ist mein Zimmer."

Da dreht meine Mutter sich um und geht. Leise schließt sie die Tür, dann öffnet sie sie noch einmal und schaut mich lange an. Sie sieht verzweifelt aus, hilflos. Schnell starre ich wieder auf den Computer. Kevins Augen, Mamas Augen. Schießen? Ich will hinter Mama her. Aber verdammt noch mal, was hat sie in meinem Zimmer zu suchen? Ich schaue Kevin in die Augen. Peng! „Ich zeig's dir, Kevin. Ich zeig's dir richtig! Jetzt wirst du sehen, was ich kann. Na, Kevin, du Kleiner. Du schaust ja so komisch, reißt deine Augen so auf. Hast wohl Angst? Das tut mir aber leid. Hey, Kevin, ich mach dich jetzt fertig – und zwar total!"

Peng, da fällt Kevin um. Die Augen sind gar nicht mehr da. Ich habe auf den Kopf gezielt.

In dem Augenblick öffnet sich wieder die Tür. Tom. Er kommt auf mich zu, langsam, legt den Arm auf meine Schulter.

Ich springe hoch. „Halt dich da raus!“, schreie ich. „Ich weiß, was ich mache. Was hast du mich anzutatschen? Lass mich einfach in Ruhe! Da ist die Tür!“

Er geht, der Klugscheißer ist weg. Danach bin ich so geladen, dass ich weitersuche – bessere, geilere Spiele. Ich gewinne, ich bin der Größte, ich mache sie alle fertig, alle.

Als ich müde werde, suche ich mir ein langweiligeres Spiel, bei dem man langsam einpennen kann. Ein Mannschaftsspiel, bei dem man nur mit Farbkugeln schießt. Ich bin ein guter Schütze. Bravo, Niko! Alle jubeln mir zu, weil ich die meisten Treffer habe.

Tom kommt schon wieder, der nervt. Ich soll in die Schule.

„Verpiss dich endlich! Hab ich dir schon mal gesagt.“

Da zieht Tom einfach den Computerstecker aus der Steckdose. Ich knalle ihm eine.

Er steht nur dumm da, sieht mich mit großen Augen an und sagt: „Spinnst du jetzt total?“ Dann geht er.

Ich lache ihn aus und werde ganz traurig. Dann fahre ich den Computer wieder hoch.

Der Kopf von Louisa schiebt sich durch die Tür: „Tschüss, Niko. Spielst du heute Nachmittag was mit mir? Das haben wir schon so lange nicht mehr gemacht.“

In meinem Spiel liegt gerade Kevin am Boden – ohne Arme und Beine. Raphael hat keinen Kopf mehr. Ich drehe mich zu Louisa um: „Mal sehen.“

Mama ruft durch den Türspalt: „Ich muss jetzt los zum Arbeitsamt. Bitte mach dich endlich für die Schule fertig."

Ich sehe gar nicht erst vom Bildschirm auf.

Mama seufzt tief: „Na gut, ich schreib dir für heute noch mal eine Entschuldigung." Dann fügt sie hinzu: „Aber heute Mittag reden wir."

Ich säge auch Kevin den Kopf ab.

Mama kommt vom Arbeitsamt zurück. Sie klopft an meine Tür. Ich reagiere nicht. Sie kommt trotzdem herein: „Niko, wir wollten doch reden."

Warum kapiert sie es nicht? „Verzieh dich!", fahre ich sie an. Danach kann ich in Ruhe weiterspielen.

Irgendwann lege ich mich ins Bett und schlafe, bis ich von Louisa geweckt werde. Aber ich habe keinen Bock auf ihre Kinderspiele.

16. April

Ich muss doch wieder zur Schule gehen. Vier Tage habe ich gefehlt, zwei davon unentschuldigt. Mehr kann ich nicht riskieren.

Also betrete ich das Klassenzimmer, setze mich auf meinen Platz. Es ist, als wäre ich gar nicht weg gewesen. Alle gucken, keiner fragt. Kevin und Raphael grinsen feist. In der Pause zerren sie mich zu dritt ins Hinterzimmer und ziehen mich nackt aus. Sie schlagen mich, sie treten auf mir herum und geifern: „Du hast uns gefehlt, Sklave. Wir dir doch sicher auch … Da müssen wir ja einiges nachholen!" Die Worte prallen an mir ab. Es kommen nur noch einzelne Fetzen an.

Plötzlich richte ich mich auf und schreie: „Ich knall euch ab, ehrlich, ich knall euch ab!"

Sie sehen mich an, erst überrascht, dann belustigt.

In dem Augenblick ertönt der Pfiff. Sie verkrümeln sich. Ich sammle im Dunkeln meine Kleidung auf, ziehe mich an und schleiche nach vorne in den Klassenraum. Keiner sagt etwas. Ein Lehrer ist hereingekommen. Ich setze mich auf meinen Platz. Leere.

„Niko, redest du noch mit mir? Ich habe dich was gefragt." Herr Baumann steht vor mir.

„Ach, wir haben Mathe?", rutscht es mir heraus.

Brüllendes Gelächter in der Klasse. Herr Baumann sagt etwas. Dann lässt er mich in Ruhe. Was geht mich Mathe an?

Zum Mittagessen gibt es wieder Tiefkühlkost. Louisa will mir irgendwas aus der Schule erzählen.

„Nerv mich nicht!“, blaffe ich sie an.

Da hält Louisa endlich die Klappe. Nirgendwo hat man seine Ruhe. In Gedanken bin ich wieder bei meinen Computerspielen.

Louisa sieht mich erwartungsvoll an.

„Was ist?“

„Du hörst ja überhaupt nicht mehr zu.“ Das klingt mehr nach trauriger Feststellung als nach Protest.

Ich lasse den halbvollen Teller stehen und gehe in mein Zimmer.

17. April

Als sie klingeln, bin ich allein zu Hause. Ohne nachzudenken, öffne ich die Tür. Schnurstracks marschieren sie an mir vorbei in die Wohnung und finden bald mein Zimmer. Viel zu holen ist da nicht. Schließlich ziehen sie die Stecker vom Scanner raus.

„Den leih ich mir", erklärt Raphael.

Dann zischen sie wieder ab.

„Wir kommen wieder", sagt Kevin.

Ausgerechnet an dem Tag will Mama etwas für ihre Bewerbungen scannen. Natürlich will sie wissen, was ich mit dem Scanner gemacht habe.

„Ach, den hab ich verliehen", antworte ich lässig.

Meine Mutter redet so lange auf mich ein, bis ich verspreche ihn zurückzuholen.

18. April

Ich klingle bei Raphael. Er wohnt in einem Reihenhaus mit Geranien vor dem Eingang. *Schuhe im Haus ausziehen,* steht auf einem Schild. Ich bin total aufgeregt. Eine breite, kräftige Frau öffnet die Tür. Sie ist sehr stark geschminkt. Auf dem Arm trägt sie ein kleines Kind, das an ihren Haaren zieht und dabei laut schreit.

„Was willst du?“, fragt die Frau unfreundlich.

„Ich wollte zu Raphael. Wir gehen in eine Klasse.“

„Raphael“, ruft sie in den Flur, „Besuch für dich!“

Als Raphael mich sieht, zuckt er erst einmal zusammen. „Was willst du?“, fragt er.

Er wirkt gar nicht mehr so furchteinflößend wie in der Schule, eher etwas verschreckt.

„Ich will den Scanner zurückhaben.“

Raphael hat sich schon wieder gefangen. „Dann krieg ich aber meine 100 Euro wieder“, sagt er mit einem versteckten Grinsen.

Da mischt sich Raphaels Mutter ein. „Was ist das für eine Sache mit dem Scanner, Raphael?“ Streng klingt das und ziemlich genervt.

„Den hab ich Niko abgekauft, und jetzt will er ihn zurückhaben.“

„Dann sieh zu, dass er dir das Geld auch wiedergibt!“ Und an mich gerichtet: „Wir lassen uns hier nicht über den Tisch ziehen.“

Raphael holt den Scanner aus seinem Zimmer und stellt ihn vor sich auf dem Boden ab.

„Aber i-ich hab k-kein Geld bekommen“, stottere ich.

„Mein Sohn ist ehrlich. Gib das Geld zurück, sonst bekommst du Ärger mit der Polizei.“ Damit ist die Sache für Raphaels Mutter gegessen.

Ich verstehe nichts mehr.

„Das ist so ’ne Masche bei dem, wenn etwas schiefgeht. Anderen die Schuld in die Schuhe schieben“, erklärt Raphael seiner Mutter.

„Das gewöhn dir mal schnell ab, sonst bekommst du richtig Ärger“, sagt sie mit verächtlichem Blick. Dann wendet sie sich wieder dem schreienden Kind auf ihrem Arm zu und verschwindet im Hausflur.

„Ich brauch den zurück“, sage ich leise und will den Scanner nehmen.

Da fährt Raphael hoch: „Was ist denn hier los? Erst verkaufen und dann zurückklauen!?“, brüllt er, holt mit dem Fuß aus und tritt so gegen den Scanner, dass er die Treppe runtersaust, an mir vorbei. Krach, klirr – kaputt.

Ich bücke mich langsam und sammle alles ein.

„Das Geld krieg ich aber noch!“, schreit Raphael. Er knallt die Haustür zu.

Als ich mein Rad mit dem Gepäckträger voller Scannerteile zurückschiebe, heule ich vor Wut Rotz und Wasser.

Zu Hause schüttelt Mama nur den Kopf. „Was war denn?“

„Ich … ich bin mit dem Rad gestürzt“, versuche ich zu erklären.

Mama sieht mich traurig an.

Ich sage nichts mehr.

19. April

Als ich ins Klassenzimmer komme, zischt Kevin mir zu: „Wenn du denkst, du kannst uns beklauen, hast du dich geschnitten."

Auf den alten Toiletten im Keller drückt Raphael seine brennende Zigarette auf meinem Rücken aus. Ich schreie vor Schmerzen.

„Geil", sagen sie und nehmen die nächste Zigarette. „Und wenn du noch mehr lügst, wirst du schon sehen, was passiert." Sie grinsen. „Kopf ins Klo, damit du klar wirst im Kopf, Sklave. Da wird der ganze Mist weggespült."

Sie nennen mich jetzt nur noch Sklave. Und immer öfter fühle ich mich auch so. In mir ist dann keine Wut mehr, keine Trauer, keine Scham.

Nach der Schule zwingen sie mich, mit ihnen zu gehen. In einer abgelegenen Fußgängerunterführung holen sie zwei Flaschen Korn aus ihren Rucksäcken. „Eine für uns und eine für dich. Sind wir nicht großzügig?" Sie lachen.

„So was trinke ich nicht. Auf keinen Fall!" Ich starre sie kopfschüttelnd an. Schon habe ich Raphaels Faust im Magen. Dann drücken sie mir den Schnaps in die Hand und ich muss trinken. Wenn ich die Flasche absetze, halten sie mich fest und flößen ihn mir ein.

Ich bin sofort betrunken und breche zusammen.

„Mit dir haben wir nur Ärger, Sklave." Kevin verschwimmt vor meinen Augen.

Sie treten mir ins Gesicht. Ich habe nicht einmal mehr die Kraft, die Hände davorzuhalten. Ich liege einfach nur da, bis ich nichts mehr spüre.

In einem Krankenhausbett komme ich zu mir. Mama sitzt weinend neben mir. Der Krankenwagen, den wohl Matthias heimlich gerufen hat, hat mich mit blutigem Gesicht und einer Alkoholvergiftung zwischen den Scherben einer Schnapsflasche gefunden.

Ein Arzt fragt mich, woher die Verletzungen in meinem Gesicht und die Brandwunden am Rücken stammen. Ich antworte, dass ich mich an nichts erinnern kann, und habe Angst, dass er weiterbohrt. Aber ich habe Glück: Entweder hat er mir geglaubt oder er hat mich vergessen. Auf jeden Fall bekomme ich ihn nicht noch mal zu Gesicht.

„Warum machst du so was?", fragt Mama. Sie macht sich Sorgen. Aber sie erwartet keine Antwort. Ich sehe auch, dass sie sich schämt.

26. April

„Euch zeig ich's!", schreie ich wieder zu Hause, allein in meinem Zimmer. „Ich schieße alles kaputt!" Ich fuchtele mit einer unsichtbaren Pistole in der Luft herum. Peng, peng!

Ich springe hoch, schieße um mich. „Schaut alle her: Ich schieße, peng! Die Schule, die ganze Welt, alles soll zerspringen. Peng! Und keiner lacht mehr. Alle hergucken! Keiner lacht mich mehr aus. Jetzt bin ich der King."

Für einen Augenblick halte ich inne, lasse mich auf den Teppich sinken. Ich drehe mich auf den Rücken und starre an die Decke. Da oben, über dem Bett, hängt immer noch das große Weltraumposter mit allen Planeten unseres Sonnensystems. Auf einmal fällt mir das Schlucken schwer und Tränen steigen mir in die Augen. Überallhin bin ich geflogen. Pilot wollte ich mal werden. Aber das ist schon lange her! Da war die Welt noch heil. Inzwischen bin ich so schlecht in der Schule, dass ich jeden Abschluss vergessen kann. Ausgeträumt.

Und wie auf einen stummen Befehl springe ich wieder auf, reiße meine Schulbücher aus dem Regal, zerreiße sie in der Luft, lache dabei höhnisch und schleudere alles in die Ecke. Auch meine Hefte. Ich zerfetze und zerpflücke sie, dass die Schnipsel wie Schneeflocken in der Luft wirbeln und langsam zu Boden segeln:

„Leute, es schneit, es schneit! Die Welt zerfällt und es schneit. Ich habe die Welt zerstört!“ Ich schreie und lache.

Meine Tür geht einen Spalt auf.

„Was ist denn hier los?“, fragt Tom von draußen. Tom! Ist der schon vom Zivildienst zurück? Der hat mir gerade noch gefehlt.

„Hau ab, verpiss dich!“ Ich stemme mich von innen gegen die Tür und knalle sie ihm vor der Nase zu. Der soll draußen bleiben.

Tom drückt dagegen: „Niko, ich will dir doch helfen.“

„Verpiss dich endlich! Du kotzt mich an!“ Ich trete mit dem Fuß gegen die Tür.

Tom versucht ins Zimmer zu kommen. Er drückt von außen gegen die Tür. Tom vor der Tür, ich hinter der Tür – ich bin stärker. Der Blödmann soll sich raushalten! Irgendwann gibt er auf.

„Zieh Leine!“, schreie ich.

Als er weg ist, schlägt meine Stimmung plötzlich um. Ich schluchze: „Ihr habt mich doch alle alleingelassen. Ich brauch eure Scheißhilfe nicht!“

In der Nacht schleicht Tom doch noch einmal in mein Zimmer. „Mensch, Niko.“

Ich liege steif da, wie ein Brett. Tom redet auf mich ein. Ich stelle mich schlafend.

28. April – 5. Mai

Ich schwänze, säge, schieße. Krrrr – peng, im Spiel besiege ich sie alle, Tag und Nacht.

Mama kommt nicht mehr in mein Zimmer gestiefelt. Tom auch nicht. Der beobachtet mich nur ständig. Mama hat seit Kurzem eine Aushilfsarbeit. Damit ist auch mir geholfen. Ich kann morgens zur normalen Zeit das Haus verlassen und wenig später wieder zurückkehren.

Nach einigen Tagen liegt ein Brief mit unserem Schulstempel im Briefkasten. Ich werfe ihn ungelesen ins Altpapier.

Dann kommt wieder ein Brief. Ich öffne ihn vorsichtig über Wasserdampf.

Sehr geehrte Frau Grasdorf,

wir haben Sie mit dem Schreiben vom 29.04. über das unentschuldigte Fehlen Ihres Sohnes Niko informiert und Sie gebeten, sich mit der Schule in Verbindung zu setzen.

Die Schrift verschwimmt vor meinen Augen.

... bitte ich Sie daher erneut und dringend um ein Gespräch. Als Termin schlage ich den 07.05. um 15.00 Uhr vor.

Das ist übermorgen! Dann kommt alles raus. Ich muss den Brief verschwinden lassen. Allerdings werden die nicht lockerlassen. Und irgendwann ist Mama auch mal zu Hause. Was dann?

Die Entscheidung wird mir abgenommen. Ich halte den geöffneten Brief noch in der Hand, als hinter mir die Küchentür aufgeht. Mist, ich habe Mama gar nicht kommen hören. Ich will den Brief schnell wegwerfen, stattdessen stehe ich wie erstarrt da. So blass und verwirrt muss ich aussehen, dass Mama noch nicht mal den Mantel auszieht. Sie stellt sich neben mich an den Küchentisch und schielt auf den Brief: „Und seit wann öffnet mein Sohn meine Briefe?"

„Seit heute, Mama, ehrlich."

„Leider kann ich dir das nicht mehr glauben, nach allem, was in letzter Zeit passiert ist."

Ich weiß nicht, wie ich da rauskommen soll.

„Du musst doch zugeben, dass die Situation nicht gerade für dich spricht." Ihre Stimme zittert, sie hält sich mit einer Hand an der Kante des Küchentischs fest, in der andern hält sie jetzt den Brief.

Ich springe um sie herum. „Mama, bitte! Bitte lies das nicht ..."

Sie reagiert nicht.

„Ich kann dir das ..." – erklären, will ich sagen, aber genau das kann ich nicht. Ich lasse mich auf einen Stuhl sinken und schweige, während Mamas Augen über das Blatt Papier gleiten.

Sie sieht auf. „Wie stehst du im Augenblick?"
Ich starre nur auf die Tischplatte.

„Niko, ich rede mit dir. Du schwänzt in einer Tour die Schule und deine Versetzung ist gefährdet."

Na und, die Scheißnoten interessieren mich nicht mehr. Selbst in Mathe begreife ich kaum noch etwas. Ich bleibe sitzen. Alles ganz einfach.

„Aber warum, warum nur?" Mama ringt die Hände in der Luft.

Ihre Fassungslosigkeit bringt mich völlig durcheinander. Plötzlich kommt es wieder hoch. Wie früher würde ich so gerne „Mama, hilf mir doch!" sagen – und mich von ihr in den Arm nehmen lassen. Ich stütze das Gesicht in die Hände und schweige.

Sie steht kopfschüttelnd vor mir: „Ich weiß nicht mehr, was ich mit dir machen soll." Sie hält sich jetzt mit beiden Händen am Küchentisch fest. Ihre Knöchel treten weiß hervor.

Selbst mit meiner Mutter kann ich nicht mehr sprechen. Am liebsten würde ich weinen. Aber auch das geht nicht mehr. Stumm stehe ich auf.

6. Mai

Am Morgen wird meine Tür aufgerissen und Mama stürmt ins Zimmer. „Du gehst ab sofort wieder zur Schule, Bürschchen!" Sie sagt das so, als würde sie keinen Widerspruch dulden.

Ich nicke und verlasse pünktlich das Haus, um nach einer Stunde wiederzukommen. Was soll ich in der Schule? Inzwischen sind da alle gegen mich: Auf Hannah kann ich auch nicht mehr zählen. Neulich habe ich noch einmal versucht mit ihr zu reden: „Du, Hannah, wollen wir nicht mal …"

Sie hat mich angefaucht: „Nicht nach diesem Brief, Niko." Dann hat sie sich umgedreht und ist weggegangen.

Ich habe keinen Brief geschrieben. Hannah, ich schwöre! Erst wollte ich ihr hinterhergehen, das Missverständnis klären. Da durchzuckte es mich: Kevin, Raphael und Matthias! Ich möchte nicht wissen, was in dem Brief gestanden hat.

Sie haben es geschafft. Sie haben eine Schneise um mich geschlagen. Und mittendrin stehe ich, in totaler Leere, allein. Das Schlimmste ist der Raum aus Schweigen, der mich umgibt. Ich kann nicht mehr.

Im Spiegel meines Kleiderschranks sehe ich ein düsteres, stoppeliges, übernächtigtes Gesicht mit tiefen Ringen unter den Augen. Soll das ich sein?

Das Beste wäre, auch diesen letzten Rest von Niko auszulöschen, die Hülle.

Ich setze mich wieder an den Computer. Gedankenversunken tippe ich *Selbstmord* ein. Ich klicke mich durch die Suchergebnisse, bis ich auf einer Seite mit Links bin – Selbstmordforen. *Das Schweigen brechen* steht in dicken Lettern auf einer Seite. Da melde ich mich an. Nikolaus nenne ich mich.

Bestimmt zwei Stunden sitze ich vor dem Bildschirm und schreibe mir im Chatroom meine Probleme von der Seele. Meine Ansprechpartner nennen sich Totes Leben, Todesengel oder Dark Angel. Andere haben normale Namen. Alle finden das Leben zum Kotzen, sinnlos, lachhaft. Ihnen kann ich anvertrauen, worüber ich mit niemandem sonst spreche.

Ich erzähle alles. Viele haben ganz ähnliche Probleme. Ich bin nicht mehr allein.

Früher war ich selten allein, schreibe ich. *Meine Eltern haben zwar gestritten, aber meine Geschwister Tom und Louisa waren da. Und wenn Mama nach Hause kam, haben wir uns unterhalten.*

Dazwischen erzählt ein anderer seine Geschichte weiter: *Dann kam auch noch die Sache mit Ina dazu. Ina ist die Liebe meines Lebens. Als ich sie gefragt habe, ob sie auch in mich verliebt ist, hat sie nur gelacht: „Ich? In dich?“ An dem Abend habe ich mich das erste Mal hier eingeloggt …*

Die Chatter sprechen über Probleme mit den Eltern, über Einsamkeit, Hilflosigkeit und Missachtung. Immer wieder kommen sie zu dem Schluss, dass der Tod das bessere Leben ist. Einfach ein friedliches Nichts.

Frieden – was für eine verlockende Vorstellung! Ist das auch für mich ein Weg? – Vielleicht der einzige, der noch bleibt.

Einen Abschiedsbrief habe ich nicht verfasst, schreibt einer, der sich Erich nennt. *Hat sich sowieso nie jemand groß für mich interessiert. Ich trinke jetzt noch eine Flasche Rum und dann geht's los.*

7. – 9. Mai

Kennt jemand das Gefühl, auf einem Brückengeländer zu stehen und sich nicht zu trauen?, schreibt Lea, 17 Jahre.

Oh ja, ich kenne das Gefühl, mich nicht zu trauen. Und wie! Das schreibe ich Lea.

Ich glaub, ich hab auf der Welt nix verloren, erscheint ihre Antwort auf meinem Bildschirm. Und dann erzählt Lea von der Scheidung ihrer Eltern, von ihrer Kraftlosigkeit und Einsamkeit inmitten lauter cooler Mädchen, die nur an Jungs und Klamotten denken.

Ich verstehe, tröste sie, finde wieder Worte – auch für mich.

Lea will sich umbringen.

Lea und ich schreiben uns mehrmals am Tag, nicht nur im Forum, sondern auch direkt per Mail. Ihr kann ich von den Quälereien und vom Sklavesein erzählen, von der Unmöglichkeit, weiter zur Schule zu gehen. Auch von mir selbst – dass es mich eigentlich nicht mehr gibt.

Lea versteht. *Mädchen haben es wohl leichter, über solche Dinge zu sprechen, aber mir geht es auch nicht viel anders,* schreibt sie.

Was ist der Tod?, fragt sie nach einer kurzen Pause. *Wohin kommen wir? Nehmen wir vielleicht unsere Ängste und Probleme mit?*

Schlimmer als hier kann es wohl nicht sein, antwortet Marco.

Lea entwickelt Fantasien von Blumentälern und ewigem Frieden.

Ist ewiger Frieden nicht langweilig?, fragt Todesengel.

Eine neue Chatterin klickt sich ein: *Ich will nur noch sterben. Heute springe ich von der Autobahnbrücke. Beschissener kann mein Leben auch in der unbekannten Welt nach dem Tod nicht werden. Kommt jemand mit? Heute Abend um 20 Uhr soll es los...*

An dieser Stelle schließt der Chatmaster den Chat. Einige protestieren.

Lea schreibt an meine E-Mail-Adresse: *Es ist wie überall. Selbst über unseren eigenen Tod dürfen wir nicht frei sprechen. Dann kommt ein Oberaufpasser und löscht alles.*

Die Idee mit dem gemeinsamen Selbstmord gefällt uns. Wir verabreden uns für den nächsten Tag zum Sprung vom Fernsehturm. So, wie man sich fürs Kino oder fürs Eiscafé verabredet.

Als ich mal nicht stundenlang im Internet bin, kommt wieder ein Anruf. „Hey, Sklave, wir vermissen dich. Wenn du uns nicht in der Schule besuchen kommst, besuchen wir dich eben zu Hause."

Ich knalle den Hörer auf. Morgen habe ich meine Verabredung mit Lea am Fernsehturm. Dann ist alles vorbei. Dann habe ich endlich meine Ruhe vor denen.

Da spüre ich eine dicke, fette Wut in mir aufsteigen. Eine große Wut auf alle, die mich quälen. Warum soll ich mich umbringen? Und die Schweine leben weiter, ungestraft? Nein, ich will wenigstens einen mitnehmen, um denen zu zeigen: Ich kann mich rächen. Ich, Niko, bin nicht so schwach, wie ihr denkt. Wenigstens das.

Sonntagabend. Lea hat mir ein paarmal geschrieben, ob es denn mit unserem Treffen klappt. Aber ich habe ihr nicht geantwortet. Soll sie doch machen, was sie will. Ich nehme jemand ganz anderen mit in den Tod. Damit mein Selbstmord einen Sinn hat. Denn das Einzige, was Sinn macht, ist Rache. Rache an denen. Mit einem Todessprung vom Turm kann ich mich nicht rächen. Es würde nur ein kurzes, verständnisloses Entsetzen geben. Ein Raunen, vielleicht auch nur ein Schulterzucken. Zur Rache gehört für mich die Wahrheit und dass auch die einmal leiden müssen. Und zwar so richtig!

10. – 16. Mai

Im Selbstmordchat habe ich mir den Namen Racheengel zugelegt. Seit meinem Entschluss fahre ich zweigleisig. Ich mache weiter bei dem Suizidforum mit und lege mir gleichzeitig den Plan für meine Tat zurecht. Meine Mutter hat für mich einen Termin bei Frau Timmermann und bei der Erziehungsberatungsstelle gemacht. Da habe ich hoffentlich schon alles hinter mir. Das einzige Problem: Wie komme ich an eine Waffe?

Zuerst überlege ich, ob ich mich einfach bei der Polizei melden soll. Ich könnte sagen, dass ich besonders gefährdet bin und deshalb zu meinem Schutz eine Waffe brauche. Das kommt der Wahrheit sogar am nächsten. Aber Waffenschein und Waffenbesitz zur Selbstverteidigung sind natürlich nur für Erwachsene vorgesehen. Für Kinder und Jugendliche unter 18 gibt es so etwas wie eine tödliche Bedrohung nicht. Und daher brauchen sie auch keine Waffe zur Selbstverteidigung, meinen die Erwachsenen.

Ich stelle mein Problem im Chat vor: *Suche Waffe.*

Doch kaum meldet sich einer, ist der Beitrag schon gelöscht. Beim nächsten Mal bin ich klüger und notiere blitzschnell die angegebene E-Mail-Adresse. Ich maile zurück. Wir verabreden uns für den nächsten Tag im Kölner Hauptbahnhof.

Auf einmal geht alles so schnell, fast zu schnell. Ich sitze im Zug nach Köln, habe ein mulmiges und gleichzeitig unwirkliches Gefühl. Die Fahrt über die Rheinbrücke. Der Zug rattert, Kirchtürme und Häuser ziehen vorbei. Da taucht der Dom auf: mächtig, groß. Kurz darauf rollt der Zug in den Hauptbahnhof ein.

Mit zitternden Knien steige ich aus und taste noch einmal nach dem Geld in meiner Hosentasche. Ich muss zum letzten Gleis, dem vereinbarten Treffpunkt. Dort wird jemand auf mich warten, der mich zum Ort der Übergabe bringen soll. Als Erkennungszeichen tragen wir beide einen deutlich sichtbaren Chatclub-Button.

Der andere, ein schmächtiger, dunkelhaariger Typ, der nicht älter ist als Tom, hat offenbar nicht mit einem so jungen Kunden gerechnet. Er zögert, sieht sich misstrauisch um. „Mit Kindern machen wir keine Geschäfte."

Aber er nimmt mich dann doch mit. Schließlich ist er nur der Vermittler.

Ich laufe hinter ihm her, die Treppe zu einer Unterführung hinunter und auf der anderen Seite wieder hinauf ins Freie, einen verlassenen Bahnsteig entlang, an dessen Ende ein altes Wartehäuschen steht, nicht mehr als eine halb verfallene Bretterbude. Der andere wirft immer wieder einen prüfenden Blick über die Schulter, um zu sehen, ob ich ihm auch folge. Ich zerknülle mit schweißnassen Händen mein Geld.

Endlich sind wir am Ziel und schlüpfen in die Bretterbude, wo wir schon von einem Mann mittleren Alters mit Sonnenbrille und Baseballkappe erwartet werden. Ich habe Angst. Am liebsten würde ich wegrennen, aber jetzt gibt es kein Zurück mehr. Zum x-ten Mal zähle ich das Geld in meiner Tasche: fünf große Scheine. Die habe ich Mama aus ihrer Haushaltskasse geklaut, ihre eiserne Reserve.

Wenn die mir nun nur das Geld abnehmen und dann abziehen? Aber der Austausch – hier das Geld, da die Pistole – verläuft reibungslos. Der Stoffbeutel mit der Waffe liegt schwer in meiner Hand.

„Anleitung ist im Beutel."

„Wie viel Schuss habe ich?"

„20."

„Mehr nicht?" 30 waren vereinbart! Ich muss doch üben.

„Schnauze, sonst mehr Geld."

Mehr Geld habe ich nicht. Sonst hat ja alles geklappt. Egal.

Als ich schweige, fährt mich der Jüngere an: „Und jetzt zisch ab!"

Ich nicke und stolpere aus dem Wartehäuschen. Ich höre Schritte hinter mir und fange an zu rennen. Dann bin ich wieder unter Menschen. Mein Zug steht schon abfahrbereit auf Gleis acht.

Für die Rückfahrt habe ich kein Geld. Jetzt bloß keinen Fehler machen. Ich sehe mich ängstlich um und sperre mich in der Toilette ein. Obwohl die Fahrt nicht lange dauert, kommt es mir wie eine halbe Ewigkeit vor.

Zu Hause schließe ich mich in meinem Zimmer ein, studiere die Bedienungsanleitung der Pistole und überlege, wo ich am besten üben kann.

Den Wald hinter dem Park kenne ich genau. Ich weiß sogar, dass der Förster zweimal in der Woche einen Kontrollgang macht. Ich muss also nach oder vor seiner Arbeitszeit üben. Abends sind zu viele Spaziergänger, Jogger und Fahrradfahrer unterwegs. Also morgen früh. Ich stelle den Wecker auf sechs Uhr.

17. – 20. Mai

Ich ziehe mich leise an und schleiche mich aus der Wohnung. Dann renne ich. Ich weiß genau, wo ich hinwill – zu der kleinen, abgelegenen Lichtung.

Mein Atem geht laut, ich höre meinen eigenen Puls. Erst kurz vor der Lichtung drossele ich das Tempo.

Da knackt es. „Hallo, ist da jemand?“ Ängstlich schaue ich mich um. Niemand zu sehen. Ich schleiche weiter bis zur Lichtung, die Pistole in der Innentasche meiner Jacke. Im Internet habe ich mich informiert: Das Wichtigste beim Üben ist der Rückschlag. Ob ich mich erst mal gegen einen Baumstamm lehne? Nein, das kann ich später auch nicht.

Da knackt es wieder. Verflixt! Irgendwas bewegt sich im Unterholz. Ich verstecke mich im Gebüsch. Ein Reh. Fast hätte ich erleichtert aufgelacht. Ich krieche aus meinem Versteck und das Reh flieht. Dann stelle ich mich am Rand der Lichtung auf, weil ich genau sehen will, wohin ich schieße. Ich lege an, spanne, schieße. Was für ein Knall! Gleichzeitig reißt es mich nach hinten. Teufel! Ich muss stärker dagegenhalten. Noch mal! Schon besser. Mit dem Zielen habe ich noch Probleme. Das ist am Computer ganz anders. Die ersten Schüsse gehen meterweit daneben.

Die Pistole ist schon wieder in meiner Brusttasche, da knackt es noch einmal im Unterholz. Ich höre Schritte.

Zwei Spaziergänger, ein Mann und eine Frau, die mich fragen: „Haben Sie auch eben Schüsse gehört?"

Was machen die denn um diese Zeit schon hier?

„Schüsse?", frage ich. Ich will zuerst „Nein, nein" sagen, höre mich dann aber antworten: „Ja, deswegen bin ich schnell hierhergerannt."

„Und? War da jemand?"

„Nein, nur noch eine Bewegung im Unterholz. Da drüben." Ich zeige über die Lichtung.

„Da müssen wir die Polizei benachrichtigen. Die sollten ja wenigstens mal nachschauen …"

„Soll ich das vielleicht machen? Ich kann das gerne übernehmen", schlage ich geistesgegenwärtig vor.

„Wenn Sie das tun würden?" Der Mann nickt. „Ich gebe Ihnen mal unsere Adresse, falls noch Zeugen gebraucht werden."

Mir fällt auf, dass er mich siezt.

Ich gehe natürlich nicht zur Polizei. Dafür verlege ich meine Schießübungen an den folgenden Tagen auf fünf Uhr morgens. Ich werde nicht mehr gestört und nach zehn weiteren Schüssen habe ich das Gefühl, dass ich einigermaßen mit meiner Waffe umgehen kann. Die restlichen Kugeln brauche ich für den Tag der Rache. In vier Tagen ist es so weit. Der minutengenaue Plan liegt fertig in der Schublade.

21. – 23. Mai

Und doch habe ich manchmal Zweifel, richtige Unsicherheitsattacken. Die sind grauenhaft! Ich habe immer noch Angst.

Am Sonntag der Testlauf. Ich gehe die Strecke zur Schule ab. Alles ist wie ausgestorben, weil es noch ganz früh am Morgen ist.

Ich renne. Ich werde es tun. Denen endlich mal zeigen, dass sie das nicht einfach machen können. Nicht mit mir! Dass ich stark bin, stärker als sie. Und während ich renne, wächst meine Kraft. Entschlossenen Schrittes gehe ich weiter. Noch ein Tag!

Darf ich das? Die Frage bleibt. Und doch ist sie schon beantwortet. Ich sehe sie wieder vor mir, wie sie sich zu dritt über mich beugen und zuschlagen. Gegen die Beine, die Brust und in den Magen. Ich liege am Boden. Sie treten weiter. Innerlich schreie ich.

Es bleibt nur dieser eine Ausweg. Ich muss denen zeigen, dass sie nicht immer siegen. Ein Spruch aus dem Suizidchat fällt mir ein: *Du hast keine Chance, also nutze sie!* Genau das werde ich tun.

Ich schleiche mich von hinten an die Schule heran. Hier bin ich schon lange nicht mehr gewesen, ein komisches Gefühl. Ich drücke die Türklinke des Hintereingangs hinunter. Mein Herz klopft. Mist, zugesperrt!

Morgen Vormittag wird die Tür offen sein. Den Rest muss ich eben im Kopf durchgehen: Ich werde die Hausmeistertreppe hinaufschleichen, die Hände in der Bauchtasche meines Pullis um die Pistole geklammert. Erst vor meinem Klassenzimmer werde ich die Pistole aus dem Pulli ziehen, tief durchatmen und …

Als ich am Abend nicht einschlafen kann, spiele ich Computer. Erschieße meine Mitschüler. Peng, macht es aus den Lautsprechern. Ich werde wieder ruhiger. Ich bin der Racheengel.

Im Suizidforum bin ich schon seit ein paar Tagen nicht mehr gewesen. Seit dem Sonntag, an dem Lea sich mit mir verabredet hat, ist ihr Name dort nicht mehr aufgetaucht. Ein seltsames Gefühl. Egal. Ich ziehe mein Ding durch. Endgültig.

24. Mai

Den Wecker habe ich auf halb fünf gestellt. Eigentlich will ich zuerst durch den Park joggen, um Stärke aufzubauen. Aber wie von selbst renne ich noch einmal den Weg zum Hintereingang der Schule. Die Straßen sind menschenleer. Die Sonne versteckt sich hinter einer Wolkendecke. Hier werde ich in einigen Stunden das Schulgebäude betreten. Ein letztes Mal ...

Zu Hause stelle ich mich unter die Dusche. Das heiße Wasser löst die letzten Zweifel auf. Ich drehe eine Abschiedsrunde durch die Wohnung. Traurig, aber auch mit einer feierlichen Freude gehe ich durchs Wohnzimmer, durch die Küche, den Flur. Ich streiche zärtlich mit der Hand über einzelne Möbelstücke. Ich nehme Abschied. Dabei wird mir ein bisschen übel.

Zurück in meinem Zimmer, schließe ich von innen ab, lege mich aufs Bett, starre an die Decke und gehe den Plan noch einmal durch. Die Pistole liegt in der zweitobersten Schublade meines Schreibtischs. Unter dem Abschiedsbrief an Mama. Mama – eine zärtliche Welle von Zuversicht, Stolz und Abschiedsschmerz überrollt mich. Heute werde ich der Held sein, nicht mehr der Loser!

Als Zweifel aufsteigen, fahre ich noch einmal den Computer hoch, schalte ihn nach ein paar Minuten wieder aus, dann doch wieder ein. Ich schieße so genau wie noch nie. Mit kalter Präzision. Das macht mich sicherer.

Aus weiter Ferne höre ich die Stimmen von Mama, Louisa und Tom, höre Geschirr klappern. Dann schlägt die Wohnungstür im Abstand von wenigen Minuten dreimal zu. Stille. Sie sind weg. Sie haben sich nicht mal von mir verabschiedet. Egal.

Der Wecker klingelt wieder. Ich muss mich fertig machen. Den Brief lege ich auf den Küchentisch. So, dass meine Familie ihn gleich findet. Sie sollen es von mir erfahren.

Liebe Mama,

Du wirst Dich fragen, warum ich Euch so etwas antue. Es ist nicht Deine Schuld. Du hast getan, was Du konntest. Aber ich kann so nicht mehr weitermachen. Die Angst ist immer da. Große Angst. Sie würgt mich schon am Morgen. Und wer Angst hat, der wird ausgelacht. Jeder Tag tut mir weh. Was für einen Sinn hat ein Leben, das immer wehtut?
Ich habe Dich lieb, Mama, auch wenn ich Dir das zuletzt nicht mehr sagen konnte. Halte Dich an Tom und Louisa! Die machen Dir Freude. Ich will, dass Du glücklich bist! Ich umarme Dich.

Dein Niko

Ein letztes Mal gehe ich meinen Auftritt durch. Ich sehe meine Mitschüler vor mir sitzen, während ich in der Tür des Klassenzimmers stehe, hinter ihnen – mit gezogener Pistole. Ein paar werden sich zu mir umschauen, entsetzt aufschreien.

Bis sie mich alle anstarren. Dann mein Kommando, mit lauter Stimme: „Alle auf den Boden! Hinlegen!" Sie werden aufspringen und mir gehorchen. Angst in den Augen.

„Alle nach hinten und auf den Boden legen! Die Hände hinter dem Kopf verschränkt! Los, Kevin, oder brauchst du 'ne Extraeinladung?"

Die Sätze habe ich mir vorher immer wieder vorgesagt, damit sie sitzen. Sie klingen gut. Auch wenn ich dabei in meinem eigenen Zimmer stehe und meine Pistole nur auf einen Sessel richte. Aber nicht mehr lange …

Ich bin von Kopf bis Fuß dunkel gekleidet. Trauer und Feierlichkeit. Die dunkle Jeans, über die sie sich immer lustig gemacht haben. Ein weiter grauer Pullover mit Tasche vorne. Darüber meine alte schwarze Lederjacke. Schwarz. Trauer und Triumph. Ich, Niko, der Racheengel! Kein Loser mehr. Alle werden es erfahren. Und es wird ihnen leidtun, dass sie mich gequält oder dabei zugesehen haben. Sie werden ihre Lektion bekommen. Ich gehe los.

Im Krankenhaus

Hier hört meine Erinnerung auf. Ich weiß nicht, ob ich mich wirklich nicht erinnern kann oder ob ich das Geschehene einfach verdränge.

Ich sitze mit Tom in der Krankenhauscafeteria. Wir sind allein. Mit dem Löffel rühre ich heftig in meiner Teetasse: „Tom, sag mir, was am 24. Mai passiert ist."

Tom sieht mich ernst an. „Meinst du, du bist schon so weit?"

Ich nicke. Mein Mund ist trocken. Das Herz schlägt mir bis zum Hals.

„Ich war dabei – in der Schule, meine ich", beginnt er stockend.

„Woher wusstest du, was ich vorhatte?"

„Ich hatte mein Portemonnaie zu Hause vergessen. Als ich dann deinen Abschiedsbrief gefunden habe, hatte ich gleich so eine schlimme Ahnung. Natürlich war ich nicht sicher. Deshalb habe ich auch nicht die Polizei verständigt. Ich bin durch den Park zur Schule gerannt. Ich habe fünf Türen aufgerissen, bis ich endlich euren Klassenraum gefunden habe.

Da standest du, mein kleiner Bruder, mitten im Raum. Deine Klassenkameraden lagen am Boden, die Hände hinter dem Kopf verschränkt. Mein Blick fiel auf die Waffe, die du einem der Schüler an den Kopf gehalten hast. Ein dunkelhaariger, kräftiger Junge, der vor Angst zitterte.

Darüber hast du dich noch lustig gemacht: ‚He, Kevin, geht's dir nicht gut? Deine Hände zittern ja … Du hast doch sonst nie vor was Angst und bist immer der Coolste.' Die Pistole blieb auf Kevin gerichtet. ‚Mal testen, wie cool du wirklich bist. Hey, Kevin, Alter, ich werde dir gleich von hinten …'

Kevin schrie dumpf vom Boden aus: ‚Nein! Neiiiin!'

‚Aufhören, Niko!', hörte ich mich plötzlich rufen. ‚Was tust du denn da? Nimm doch Vernunft an!'

Erst da hast du anscheinend bemerkt, dass ich im Raum war. Du hast dich zu mir umgedreht. ‚Halt dich da raus, Tom!', hast du mich angeschrien, die Pistole weiter auf Kevin gerichtet.

Mein Mund fühlte sich ganz trocken an vor Angst. ‚Mensch, Niko, das geht nicht', habe ich zu dir gesagt. Ganz leise, um dich nicht zu erschrecken. Dabei habe ich dir das erste Mal richtig ins Gesicht gesehen – und dich nicht wiedererkannt. Es war erstarrt, eine coole Maske.

‚Niko, bitte', habe ich gesagt. Dabei wirbelte in meinem Kopf alles durcheinander: Angst und ungläubiges Entsetzen. Immerhin war es mir gelungen, dich aus dem Konzept zu bringen.

‚Hau ab!', hast du mich angeschrien. Dabei hast du hektisch von mir zu den anderen geguckt. ‚Du hast hier nichts zu suchen! Das ist mein Revier!'

Ich habe versucht, den Kontakt zu dir nicht zu verlieren. ‚Niko, du bist wahnsinnig!' Dabei bemerkte ich aus den Augenwinkeln, dass eine Gestalt am Rand sich lang-

sam aufrichtete und dann vorsichtig an der Wand entlangtastete.

Die kenn ich doch – Hannah. Wenn er sie jetzt bemerkt, flippt er völlig aus. Was hat er vor? Will er alle abknallen?, schoss es mir durch den Kopf.

‚Heute bin ich Richter und Henker.' Du hast plötzlich laut aufgelacht. ‚Richter über die Schwächlinge da unten, die Hosenschisser.'

Kevin heulte jetzt wie ein kleines Kind. Nur Hannah blieb ruhig. Langsam bewegte sie sich weiter in Richtung Tür. Du hast sie nicht gesehen.

‚Mensch, Niko, komm zur Vernunft!' Ich hörte mich sprechen und war gleichzeitig vor Entsetzen gelähmt.

‚Du hast keine Ahnung von diesen Schweinen!' Mit der Pistole hast du nach unten gezeigt. ‚Jetzt schieße ich.'

‚Niko, ich hab deinen Brief …'

‚Halt's Maul, Tom!'

Dein Finger am Abzug. ‚Fünf … vier …'

Kevin wimmerte nur noch leise.

‚Tja, Kevin … Da staunst du! Das hättest du mir nicht zugetraut, was?'

‚Niko, stopp! Du bist wahnsinnig!' Ich musste dazwischengehen. Aber ich durfte keinen gefährden.

‚Dddrei … zzwei …' Du hast versucht ruhig weiterzuzählen. Aber man merkte, wie angespannt du warst.

‚Niko, nicht!' Meine eigene Stimme klang fremd. ‚Wir finden eine andere Lösung. Wir …'

‚Halt's Maul!', hast du wieder geschrien. ‚Eins!'

Im selben Moment bin ich vorgesprungen und habe von unten zugetreten. Die Waffe flog dir aus der Hand, hoch durch die Luft, polterte über den Boden. Du wolltest hinterher. Doch da ist Kevin aus seiner Starre erwacht. Blitzschnell hat er sich auf dich gestürzt und in den Schwitzkasten genommen. Ein anderer Schüler ist aufgesprungen. Mit einer unglaublichen Brutalität haben sie zu zweit auf dich eingeschlagen.

‚Aufhören!', habe ich geschrien. Mit einem Faustschlag haben sie mich zu Boden geworfen. Die Zeit, bis ich wieder auf die Beine kam, ist mir unendlich lang vorgekommen. Ich habe mich wieder dazwischengeworfen. Da warst du schon ohne Bewusstsein.

In dem Augenblick wurde die Tür aufgerissen. Polizisten stürmten die Klasse. Sofort erkannten sie die Lage. Sie zerrten Raphael und Kevin hoch. Die wollten sich aus dem Staub machen, wurden aber mit eisernem Griff festgehalten.

‚Ja, die da!', schrie Hannah von der Tür aus. Offensichtlich war ihr die Flucht geglückt.

‚Der war es! Wir waren es nicht!', brüllten Kevin und Raphael und zeigten auf dich.

‚Das kennen wir', sagte einer der Polizisten sehr sachlich. ‚Keiner war es.'

Hannah sprang dazwischen und zeigte auf Kevin und Raphael. ‚Die waren es, die beiden, die waren es schon die ganze Zeit …!'

Plötzlich schrien alle durcheinander. Als würde sich etwas lang Angestautes entladen.

‚Ruhe!‘, rief ein Polizist. ‚Wo ist die Schusswaffe?‘

Jemand gab ihm die Pistole, die noch immer am Boden lag. Die beiden Schläger haben sie mit aufs Revier genommen. Deine anderen Mitschüler und die hinzugekommenen Lehrer mussten sich für eine Befragung zur Verfügung halten. Auf allen Seiten herrschte Fassungslosigkeit.

Meine ganze Sorge galt dir. Du lagst immer noch reglos am Boden. Ich kniete neben dir und streichelte deine Stirn. Irgendwann kam endlich der Notarzt. Ich bin mit dir ins Krankenhaus gefahren.“

Tom hat während seiner Erzählung mehrfach geschluckt und sichtbar nach Fassung gerungen. An dieser Stelle kann er nicht mehr. Er bricht in Tränen aus. „Wir hatten so eine Angst um dich. Du hättest sterben können.“

Ich sage nichts, kann nichts sagen. Versuche das, was Tom mir erzählt hat, zu begreifen. Ich brauche Zeit.

Epilog

Wir schaffen es nicht allein. Das haben wir irgendwann erkannt. Seit einigen Wochen bekomme ich regelmäßig Besuch von einem Sozialarbeiter vom Allgemeinen Sozialen Dienst. Zuerst in der Klinik und nach meiner Entlassung zu Hause. Hermann heißt er. Er ist Ende 30, wenige Jahre jünger als Papa.

Bei seinen ersten Besuchen habe ich ihn gar nicht beachtet, demonstrativ aus dem Fenster geguckt. Er hat das ausgehalten, mich zu nichts gedrängt, hat mit mir geredet, auch wenn ich nicht reagiert habe.

Irgendwann hat er mir eine Geschichte aus „Momo" vorgelesen: Momos Freund, der Straßenfeger, sagt, dass man immer nur bis zur nächsten Kurve fegen kann und dann weitersehen muss. Man hat manchmal eine sehr lange Straße vor sich – so unendlich lang, dass man schon denkt, das kann man niemals schaffen. Und dann fängt man an sich zu beeilen. Und man beeilt sich immer mehr. Jedes Mal, wenn man aufblickt, sieht man, dass es gar nicht weniger wird, was noch vor einem liegt. Und man strengt sich noch mehr an, kriegt es mit der Angst zu tun, und zum Schluss ist man ganz aus der Puste und kann nicht mehr. Und die Straße liegt immer noch vor einem. So darf man es nicht machen. Man darf nie an die ganze Straße auf einmal denken. Man muss nur an den nächsten Schritt denken, an den nächsten Atemzug, an den nächsten Besenstrich. Dann kommt man voran.

Und dann macht es Spaß. Und irgendwann schaut man hoch und hat es geschafft.

„So machen wir es auch", erklärte mir Hermann.

Das nächste Mal kam er mit Stift und Papier. Ich sollte aufschreiben, wie ich mir meine Zukunft vorstelle. Meine Zukunft? Fast hätte ich laut gelacht. Von meinen Plänen und Träumen ist nichts geblieben. Nur eine wabbelige Dauerangst.

Hermann nannte die Dinge beim Namen, sprach von Schulwechsel, Nachhilfestunden und vor allem vom Prozess, der auf mich zukommen würde. Einen Lebensplan erstellen, nannte er das. Zusammen mit meiner Familie hat er diesen Plan entwickelt. Auch mit meinem Vater, der jetzt wieder regelmäßiger zu Besuch kommt.

Nächste Woche beginnt der Prozess gegen Kevin, Raphael und Matthias. Da kommt alles wieder hoch. Nachts habe ich regelmäßig Albträume. Ich erlebe die Demütigungen und Schmerzen noch einmal. Wenn ich aufwache, fällt es mir schwer, die Angst loszuwerden. Am liebsten würde ich mich dann wieder an meinen Computer setzen, aber meine Familie lässt mich nicht. Langsam lerne ich, über meine Ängste und Verletzungen zu sprechen, zuzugeben, wenn mich etwas bedrückt. Das hilft ein wenig.

Ich sitze neben Mama auf dem Sofa. Auf einmal zieht sie mich zu sich heran: „Wir schaffen das. Du schaffst das."

Für einen winzigen Augenblick spüre ich in mir die Gewissheit, dass sie recht hat. Ich lache leise: „Erst mal bis zur nächsten Kurve …“

Elisabeth Zöller wurde 1945 in Brilon geboren. Sie studierte Deutsch, Französisch, Pädagogik und Kunstgeschichte in München, Lausanne und Münster. Sie hat viele Jahre an verschiedenen Gymnasien unterrichtet, bevor sie 1989 freie Schriftstellerin wurde und sich vor allem mit Büchern gegen Gewalt einen Namen machte. Ein gewaltfreies Miteinanderlernen und -leben ist ihr ein großes Anliegen – dafür engagiert sie sich auf Lehrerfortbildungen, Elternabenden und Lesungen für Kinder und Jugendliche. 2007 wurde ihr für dieses Engagement das Bundesverdienstkreuz verliehen. Elisabeth Zöller lebt heute mit ihrem Mann in Münster.